사랑은 찾는 게 아니라 만드는 것이다

사랑은 찾는 게 아니라
만드는 것이다

정이수 에세이

히읏

사랑을 잘하려면

지난 사랑에 대해 수년간 글을 쓰다 보니 당시엔 놓치고 있던 것들이 보이기 시작했다. 누군가를 사랑하면서 현명하지 못했던 순간들이나 감정에 치우쳐 서로를 위태롭게 하던 순간들. 나는 사랑을 표현할 줄만 알았지, 어떻게 해야 유지할 수 있는지에 대해서는 전혀 생각해 본 적 없는 사람이었던 거다. 그 사실을 깨달은 후부터 본격적으로 사랑을 고찰하기 시작했다. 내가 왜 그렇게 행동했는지, 다음엔 어떻게 해야 하는지 알고 싶어서였다. 사랑도 배우면 는다. 이제는 사랑에 대해 손톱만큼은 안다고 말할 수 있는 사람이 됐다.

사랑을 잘하려면 우선 '나'를 잘 알아야 한다. 내가 원하는 형태의 사랑이 어떤 것인지 확실히 알게 되면 이별은 짧게 하고 사랑은 오래 한다. 자신만의 명확한 기준이 생기기 때문이다. 세상 어딘가에 나와 꼭 맞는 사람은 없다. 그렇게 될 수 있는 사람이 있을 뿐이다. 고로 사랑은 우연히 만들어지는 게 아니라 내가 만들 수 있다는 것이다.

이 책은 사랑을 사랑하는 사람들이 헤매지 않았으면 하는 마음으로 적었다. 당신이 누군가를 사랑하는 만큼 상처받는 게 아니라 사랑하는 만큼 사랑받기를 진심으로 바란다.

Part 01.

04 사랑을 잘하려면

13 나에서 우리로
14 보이지 않는 것들
16 보는 것만으로 웃음이 나는
18 사랑한다는 말보다 더
21 이해하지 않아도 된다
23 배려보다 사랑을
25 만남은 우연이 아니라 노력이다
27 영리한 다정함
29 사랑은 뒤꿈치를 들고 온다
34 모든 연애가 사랑일 수는 없다
36 꺼내고 싶은 마음
39 일시적인 친절함
40 자존감과 자존심
42 이해와 존중의 기준점
45 신뢰
47 내가 나일 수 없는 연애
49 새것의 마음으로
53 집 같은 사람

Part 02.

59 봄

60 한결같은 마음으로

62 사랑은 앞으로 걷는다

64 사랑이라는 종교

65 복잡하지 않고 단순하게

67 그럴만한 사람

69 약간의 거리를 두어야 한다

73 들어오는 마음과 떠나는 마음

75 나를 사랑하는 내가 사랑하는

77 식어가는 게 아니라 따듯해지는 것

81 사랑하는 법

83 화도 내본 사람이 잘 낸다

85 건강한 연애를 하고 싶다면

88 불안하게 만드는 것들

90 연애할 여건

92 나이에 맞는 사랑

95 혼자보다 못한 둘이라면

97 누군가를 너무 사랑하면

Part 03.

101 얼마나 사랑했느냐면
102 이별을 받아들이는 자세
105 메시아 신드롬
111 회석
113 중요한 사람
117 의미를 부여하는 순간
119 상처 주지 않는 사람
122 힘든 연애가 끝났을 때
124 이별 탄력성
127 기다림만으로 충분한
130 이별 모의
136 당연하게 생각하지 않을 것
138 MBTI가 뭐예요?
143 서로 다른 사람이기에
146 화해의 방식이 다를 때
150 누군가를 잊고 싶다면
153 모든 경험은 배움을 남긴다
156 서로 다른 사랑의 모양

Part 04.

163 미련과 그리움
164 흘러갈 것을 아는 사람
166 재회하고 싶다면
168 과거에 머물러있는 사람에게
170 조금 더 솔직했다면 어땠을까
174 The Birth of Love
176 행복은 내 안에
178 가볍게 사는 연습
180 여행하는 마음으로
184 다음에는 더 행복하기를
187 실패와 실패 속에서
189 나를 지키는 법
195 함께 나아지는 일
197 이별에도 배려가 필요하다
199 그래도 좋았던 사람으로
201 돌아설 줄 알아야 한다
203 사랑은 이미 당신에게 오고 있다

사랑은 조심스레

뒤꿈치를 들고 온다.

Part 01.

나에서 우리로

사랑은 결이 맞는 사람끼리 하는 게 아니라
결을 맞춰갈 수 있는 사람끼리 하는 것이다.

전혀 다른 두 사람이 조금씩 닮아가는 것.
'나'에서 '우리'로 세계가 넓어지는 것.

보이지 않는 것들

누구나 사람을 볼 때 우선으로 고려하는 것들이 있다. 예를 들어 고려 요소가 외모, 말투, 성격, 가치관, 능력이라면 나는 가치관 > 성격 > 능력 > 말투 > 외모순이다. 크게 중요하지 않다고 생각하거나 쉽게 바꿀 수 있는 것들을 뒤로 배치하는 거다. 말투와 외모는 언제든 바뀔 수 있는 부분이지만, 타고났거나 자라면서 굳혀진 것들은 쉽게 변하지 않기 마련이다.

그렇다고 해서 외모를 아예 안 본다는 말은 아니다. 외면은 첫인상을 결정짓는 중요한 역할을 하니까. 외모는 사전적 의미로 '겉으로 드러나 보이는 모양'이므로 얼굴만을 뜻하진 않는다. 머리 모양, 차림새, 체형 등 전부 포함이다. 만약 내가 이목구비에 자신이 없다면 화장이나 운동, 스타일링의 변화 등으로 보완하면 된다는 말이기도 하다.

나는 애초에 그런 사람을 선호하는 거다. 자신의 아쉬운 부분을 탓하는 게 아니라 노력하고 가꿀 줄 아는 매력적인 사람들. 그들은 올바른 가치관이나 긍정적인 성격만으로도 이미 가득 차 있기에 부족하다는 생각이 들지 않아서다. 외려 더 멋있게 느껴지기도 하고.

제아무리 멋있고 아름다운 사람이라도 성격이 모났거나 부딪히는 일이 잦아지면 사이가 틀어진다. 옛말 틀린 거 하나 없이 외모는 그리 오래가지 않는다. 사람을 만날 땐 보이지 않는 것들에 더 집중할 것. 자세히 보면 누구에게나 유독 반짝이는 면들이 있다.

보는 것만으로
웃음이 나는

최적의 연애 상대는 웃음 코드가 잘 맞는 사람이라고 생각한다. 연애가 항상 설레거나 떨리기만 할 수는 없다. 가까워질수록 연애 초반의 긴장이 풀리면서 점차 편해지는데, 이때 웃음 코드가 맞지 않는 사람과는 함께 시간을 보내는 일이 힘들다. 어딘가를 가야만 하고 뭔가를 해야만 하고 대화도 끊어지는 일이 잦다. 하지만 웃음 코드가 잘 맞는 사람과는 별다른 것을 하지 않아도 시간이 빠르게 흐른다. 대화만 해도 반나절은 가고 구름 모양이 웃기게 생겼다든가 지나가는 강아지의 꼬리가 귀엽다든가 등 별거 아닌 이유로 웃음이 터지기도 한다. 그런 날이 지속되다 보면 행복해서 웃는 게 아니라 웃어서 행복하다는 말처럼 자연스레 행복이 따라오기 마련이다.

무척 힘든 하루를 보냈더라도 보는 것만으로 웃음이 나는 사람과 함께라면 그래도 괜찮았던 하루가 된다. 마법처럼.

사랑한다는 말보다 더

A와 B는 연인 사이이다. A는 사랑한다는 말을 하지 않는다. B는 그런 A의 심리가 궁금하다. B가 생각한다. A는 나를 사랑하지 않나? 사랑한다는 말을 해본 적이 없나? 아니면 어려운 걸까? B는 물어보고 싶지만, 자존심이 상해 묻지 않는다. B는 A를 진심으로 사랑한다. 하지만 '사랑해'라는 말이 목 끝까지 나와도 꾹 참는다. 왜냐하면 A가 하지 않으니까. B는 계속해서 A의 마음을 의심하게 된다. 불안해진다. 물어볼까 말까 수십 번 고민한다. 그러다 결국 물어봤을 때 사랑하지 않는다고 할까 봐 무섭다. B는 혼자 사랑하

는 것 같은 마음에 매일 밤 슬퍼한다.

흔한 사연이다. 실제로 가족에게도 사랑한다는 말을 어려워하는 사람들이 있다. 들어본 적이 없거나 해본 적이 없어서다. 굳이 해야 할 필요성을 못 느껴서도 있겠다. 사랑한다는 말은 무수히 많은 대체재가 있다. 보고 싶다는 말, 나지막이 이름을 불러줄 때의 음성, 금방이라도 울 것 같은 눈 또는 잔뜩 사랑스럽다는 눈으로 한없이 바라보는 일, 얼굴을 가만히 쓰다듬는 손가락, 아프다는 한마디에 약을 사다 주거나 병원에 데려가 주는 일, 아무 말 없이 꼭 안아주는 품 그리고 등을 토닥이는 손바닥…. 사랑한다는 말보다 더 사랑처럼 느껴지는 것들.

만약 비슷한 고민을 하고 있다면 연인이 사랑한다고 하지 않아서 불안한 건지, 사랑이 느껴지지 않아서 불안한 건지 다시 한번 생각해보기를 권한다. '사랑해'라는 말에 집착하여 더 중요한 것들을 놓치고 있을 수도 있다. 오히려 처음부터 사랑한다고 하거나 잘못을 저질렀을 때 사랑한다는 말로 무마하려는 사람을 조심해야 한다. 말 한마디보다 눈

빛이나 손끝에서 사랑을 느낄 수 있기를 바란다. 사랑은 듣는 것보다 느끼는 것에 가깝다.

이해하지 않아도 된다

많은 사람이 자신의 연인이
이해되지 않는다며 하소연한다.

그럴 땐 이해하지 말고
그냥 상대가 원하는 대로 하는 게 어떨까.

어차피 사람은 평생 서로를
그리고 본인을 이해할 수 없으니까.

자신의 상식으로는 이해되지 않아도
상대의 감정이 상했다는 이유만으로
미안하다고 말할 수 있는 사람이
진정으로 누군가를 사랑할 수 있는 사람이며

그런 사람을 알아보고
상대를 닮아가려고 노력하는 사람 역시
진정으로 누군가를 사랑할 수 있는 사람이다.

배려보다 사랑을

때로는 사랑 앞에서 지나친 배려보다 적당한 무례함이 좋다. 데려다주지 않아도 괜찮다는 말을 가끔은 무시하면서 데려다주기도 하고 보고 싶다는 한마디에 말없이 불쑥 찾아오기도 하는 그런 무례함. 서로를 위한 배려는 서운함이라는 벽으로 변질되기도 하지만, 다정한 무례들은 잔뜩 올라간 입꼬리 하나로 모든 게 용서된다. 당신과 다정한 무례를 범하며 살아가고 싶다. 어떤 날은 약속 없이도 만나고 싶고 어떤 날은 쓰러질 것처럼 피곤해도 당신 앞에서 쓰러지고 싶다. 정말 사랑해서 배려를 하는 거라면, 말 그대로 사랑이 배려보다 앞에 있어야 한다.

만남은 우연이 아니라 노력이다

누군가를 좋아하는 마음이 생기지 않는 사람들이 있다. 대체로 혼자가 편한 이들이 그렇다. 그들은 혼자여도 외로움을 느끼지 않고 자유로운 생활에 만족하고 있을 가능성이 높다. 자신이 만족한다면 혼자여도 괜찮다. 하지만 평생 혼자일지도 모른단 걱정이 든다면 그때부턴 조금씩이나마 노력해야 한다.

먼저 누군가에게 호감이 생기지 않는 이유를 찾아야 한다. 눈이 굉장히 높다거나 자신보다 나은 사람을 찾지 못했다거나 연애 상대를 만날 만한 환경이 아니라거나 이전의 사람을 잊지 못했다거나…. 그다음 원인을 해결해야 하는데, 만약 특정 이유가 없음에도 불구하고 호감이 생기지 않는다면 단순히 사람을 가까이하지 않아서다. 호감이 생길 만큼의 거리에 상대를 둔 적이 없으니 마음이 생길 리가 있겠나. 소개를 받든 모임에 나가든 새로운 사람을 만날 방법은 많다. 누군가와 연락하게 되었을 때 처음부터 호감의 유무를 판단하지 말고 적어도 세 번은 만나 대화해보기를 권한다.

아무것도 하지 않으면 아무 일도 일어나지 않는다고 했다. 모든 만남은 우연보다 노력의 비중이 크다. 몇 번의 노력으로 생각지도 못한 곳에서 함께 늙어가고 싶은 사람을 만나게 될지도 모를 일이다.

영리한 다정함

사소한 것을 기억하고 챙겨주는 사람이 좋다.

나는 차가운 물 대신 미지근한 물을 마시고
상추보다는 깻잎을 좋아하는데
한 번은 함께 고깃집을 갔던 상대가
그걸 기억하고 미지근한 물과 깻잎을
내 앞으로 밀어주는 게 아닌가.
그 행동 하나로 사람이 달라 보였다.

이 사람 참 세심하고 다정하구나.
이런 사람과 연애하게 되면 어떨까.
예고 없이 들이닥친 설렘에 잔뜩 체했던 기억이 난다.

누군가를 좋아하게 되면 자꾸만 관찰하게 된다.
하지만 그렇게 관찰하면서 그 사람의 취향을 기억하고
그것에 맞게 행동하는 건 영리한 다정함이다.

'A와 B 중에서는 A를 선호하는구나'
입력해두었다가 상대에게 맞춤형으로 출력하는 것.
애초에 싫어하는 것을 선택지에 넣지 않는 것.

본인이 좋아하는 것을 주는 게 아니라
상대가 좋아하는 것을 건네주는
영리하고 다정한 사람들.

사랑은 뒤꿈치를 들고 온다

소리에 예민한 편이다. 원체 성격이 예민하지만, 그중 가장 큰 영향을 끼치는 건 소음이다. 지나치게 큰 목소리로 대화하는 사람이라거나 음식을 먹을 때 쩝쩝 소리를 내는 사람, 실내에서 쿵쾅 소리를 내며 걷는 사람을 보면 나도 모르게 미간이 찌푸려진다. 자동차 클랙슨 소리는 또 어떻고. 무방비한 상태에서 큰 소리를 들으면 마치 고양이가 화들짝 점프하듯 어깨를 들썩일 정도다. 이럴 때 보면 내가 고양이와 오래 살아서 고양이 인간이 돼버린 건 아닐까 의심스럽다. 심지어 매일 읽고 쓰는 사람치고는 안타깝게도 집중력이 좋지 않은 편이라 글을 읽거나 쓸 때면 유독 조용한 곳을 선호한다. 사람이 나밖에 없는 집이 최적의 장소겠으나 집에 있으면 또 뭐 이리 할 일이 많은지. 청소에 빨래에 집사답게 고양이와 놀아주기도 해야 한다.

그렇기에 주로 작업은 카페에서 이루어진다. 아담하고 조용한 카페는 노트북을 들고 오래 있기 눈치 보여 넓고 조용한 카페를 주로 이용하는 편인데, 세상에 나 같은 고양이 인간이 많은 탓인지 자리가 없는 날이 태반이다.

그날도 그런 날이었다. 노트북 가방을 어깨에 메고 방황하다 지쳐 눈앞에 보이는 스타벅스에 들어갔다. 경험상 스타벅스는 지역마다 조금씩 분위기가 달랐다. 노트북이 필수인 사람들을 위해 만들어진 공간처럼 조용한 곳이 있는 반면에 저마다 떠드느라 정신없이 바쁜 곳이 있었다. 그날 갔던 곳은 망원역 부근이었다. 주문하기 전 2층으로 올라가 자리부터 맡았다. 조용한 분위기는 아니었지만 그래도 사람이 많지 않아 다행이라고 생각하며 다시 1층으로 내려가 아이스 아메리카노를 주문했다. 내 앞에는 나처럼 커피를 기다리는 사람이 한 명 서 있었고 우리의 커피는 거의 동시에 나왔다.

"주문번호 B-33번 고객님 아이스 아메리카노 하나 나왔습니다. 주문번호 B-34번 고객님 아이스 아메리카노 하나 나왔습니다."

그렇게 B-33번 분이 커피를 들고 돌아서는 것을 확인한 후 내 커피를 챙겨 계단을 올라가는데, 앞사람의 걸음 소리가 일절 들리지 않는 거다. 내 시야에 들어온 그의 발을 보니 그분은 앞꿈치로만 살금살금 계단을 오르고 있었다. 아무도 모르게 배려를 행하는 그에게 어쩐지 반갑고 고마운 마음이 들었다(나와 비슷한 이를 발견해서 기뻤다). 나 역시 그의 뒤에서 살금살금 계단을 올랐다. 묘한 기분으로 맡아둔 자리에 앉아 노트북을 켜고는

'살금살금 걷는 마음.
들어가는 사람은 둘, 소리는 누구도 없었다.

조심스럽게 입장하는 마음이 더 깊이 들어온다.

크고 요란한 소리를 내며 오는 마음은

도통 도망가고 싶어지기 마련이다.'

하고 적었다. 그분의 조심스러운 걸음걸이가 꼭 사랑 같아서였다. 겁이 많은 편인 내게 굉음을 내며 다가오는 마음들은 결코 사랑이 될 수 없었다. 그것이 사랑인지 시련인지 구분할 새도 없이 최선을 다해 도망쳤기 때문이었다. 혼자만의 시간이 익숙한 사람은 늘 외로워하면서도 누군가가 다가오는 것을 꺼린다. 잔잔하고 평온한 일상이 유지되길 바란다. 그런데 나를 잡아먹을지도 모를 거대한 소음으로 온다면 그 누가 환영할 수 있겠는가. 돌이켜보면 사랑이 들어오지 못하게 막는 것은 내 의지로 가능한 일이었으나 들어오는 것은 결코 내 의지가 아니었다. 그것들은 말없이 옆에 와 있는 것이었다. 너무 조용해서 들어온 줄도 몰랐으나 어느새 따듯한 온기가 느껴지는 것이 사랑이었다. 사랑이 어떤 모습으로 오느냐 질문을 받으면 이렇게 대답해야지 생각했다.

사랑은 조심스레

뒤꿈치를 들고 온다.

모든 연애가 사랑일 수는 없다

모든 연애가 사랑일 수는 없다. 연애와 사랑은 사전적 의미로도 다르다. 연애는 서로 좋아하여 사귄다는 뜻이고 사랑은 어떤 존재를 몹시 귀하게 여긴다는 뜻이다. 우연히 본 강연에서 연애는 누구나 할 수 있지만, 사랑은 아무나 할 수 없다고 했다. 연애가 사랑이 되기 위해서는 서로의 노력이 필요하다. 에리히 프롬의 〈사랑의 기술〉이라는 책에서도 비슷한 말을 한다. 사랑은 기술이 필요한 일이기에 빠지는 것이 아닌 참여하는 것이라고.

나는 주면서 더 사랑을 느끼는 편에 속한다. 표현이나 행동 그리고 물질적으로도 그렇다. 주머니에 뭐가 있든 건네고 싶다. 마음에 어떤 모양이 있든 보여주고 싶다. 간지러운 단어들이 목에 걸려 있는 시간조차 아깝다. 그것들을 그 사람 마음에 얼른 던지고 싶다. 아주 사소한 것부터 그렇지 않은 것까지 온통 내 흔적으로 빼곡히 채워두고 싶다. 누군가를 사랑하게 되면 늘 생각보다 행동이 앞선다.

사랑하는 마음만으로는 사랑이 성립되지 않는다. 마음이 행동으로 옮겨졌을 때야말로 우리는 사랑이라고 말할 수 있게 된다. 보고 싶다는 메시지보다 보고 싶어서 왔다는 행동이 더 와닿는 것처럼, 표현을 지체하지 않는 것이 사랑이다.

꺼내고 싶은 마음

누군가를 좋아하는 마음은
헷갈리지 않는다.

문득 날씨가 좋다는 걸 느낀 순간에
함께하고 싶은 사람이 떠오르는 일
갈까 싶은 게 아니라 가야겠다 싶은 일

자신의 마음을 확실히 모르겠다는 이유로
누군가와의 만남을 고민 중인 사람에게

꼭 해주는 말이 있다.

사랑에는 '그렇다'와 '아니다'만
있을 뿐이라고.

그러니 상황이나 다른 것을 배제하고
마음만 봤을 때 어떻게 하고 싶은지 물으면
대개는 비슷한 답을 한다.
만나고 싶다고.

다른 걱정이 마음을 앞서
정작 중요한 것을 생각하지 못하는 거다.

사실 내게 물어본 것만으로도
나는 이미 알겠던데.

원래 어떤 것에 관심이 생기면
그것에 대한 얘기를 계속하게 되지 않나.

사람도 마찬가지다.

누군가가 자꾸 생각나고
그것을 입 밖으로 꺼내고 싶으면
그게 진짜 내 마음인 거다.

일시적인 친절함

모두에게 불친절하면서 나에게만 친절한 사람을 조심해야 한다. 정말 괜찮은 사람은 내게만 잘하는 사람이 아니라 카페, 식당 직원들이나 지인들에게도 잘하는 사람이다. 특히 가까운 사람을 어떻게 대하는지 유심히 봐야 한다. 그가 가까운 사람을 대하는 태도는 내가 편해지는 순간 나한테 할 태도다. 모두를 함부로 대하면서 나만 소중히 여기는 사람은 없다. 아주 잠시 그런 척하는 사람일 뿐, 시간이 지나면 내게도 똑같이 행동할 가능성이 다분하다

자존감과 자존심

자존감과 자존심은 별개다. 자존감은 자신을 존중하고 사랑하는 마음이라면 자존심은 남에게 굽히지 않는 마음이다. 내가 자존감이 높은지, 자존심이 강한지 알고 싶다면 누군가가 내게 실수했을 때 내가 어떻게 반응하는지를 떠올려보면 된다.

만약 '나한테 이런 짓을 한다고?' 싶은 생각이 든다면 자존심이 강한 사람이고 '그럴 수도 있지'하고 넘긴다면 자존감이 높은 사람이다. 여기서 중요한 건 '실수'라는 거다. 자존감이 높은 사람은 누군가가 일부러 내게 해를 가하지 않았다는 사실을 먼저 파악한다. 피해 의식 없이 의도를 먼저 보는 거다. 하지만 자존심이 센 사람은 의도를 떠나서 내게 해를 입혔다는 것만으로 화를 내기 시작한다.

자존심이 강한 사람들에게는 장단점이 있다. 지는 것을 싫어해서 누구보다 열심히 살거나 항상 선두에 있기 위해 노력한다. 강자에게도 강하게 대적하고 쉽게 넘어지지 않는다. 하지만 숙일 줄을 몰라 사과해야 할 때도 사과하지 못하거나 착하게 대하면 얕보일 거란 생각에 말이 세게 나가기도 한다. 그 탓에 주변에 사람이 적은 경우도 많고, 매일 단단한 사람인 척 버티느라 사는 것도 마냥 쉽지만은 않다.

적당한 자존심은 나를 이끌어주지만, 과한 자존심은 나를 끌고 다닌다. 가끔 자신을 지키는 일에 지친다면 자존심의 문제는 아닐지 생각해보길 바란다. 자존감은 백익무해하지만, 자존심은 그렇지 않다.

이해와 존중의 기준점

현명한 연애는 이해와 존중에서 온다. 상대방과 나의 의견이 다를 때 틀렸다고 생각하지 않는 게 중요하다. 모든 일에는 이견이 있으며 정해진 답은 없다. 특히 연인 사이 다툼에서 시시비비를 가리는 것만큼 무의미한 일이 없다고 생각한다. 다름에서 오는 다툼이 대부분이니까. 애초에 내가 인정할 수 없는 부분에 대해 의견을 받아들일 자신이 없거나 상대 역시 굽히지 않는다면 그 연애는 이어가지 않는 것이 나을지도 모른다.

가장 흔한 예로는 이성 친구 문제가 있다. 남녀 사이에 친구가 있다, 없다에 대한 논쟁은 연인 사이에서 자주 화두에 오른다. 개인적인 의견으로는 '있다'에 가깝다. 가깝다는 건 상황에 따라 달라지기 때문이다. 나는 질투가 많은 사람이라 신뢰를 떠나서 내 애인이 이성과 함께 있는 모습을 보고 싶지 않지만, 그렇다고 해서 그 사람의 모든 인간관계에 간섭할 생각은 없다. 나는 그를 소유하는 것이 아니라 사랑하는 것이니까.

남녀가 섞인 모임에 간다거나 술을 마신다거나 해도 크게 신경 쓰지 않는다. 나 역시 이성 친구가 있는 모임에 나가기도 하고 어차피 바람 필 사람은 피고 안 필 사람은 안 핀다고 생각하기에. 다만 특정 이성 친구로 인해 연인 사이에 문제가 생길 경우에는 말이 달라진다. 잦은 연락이나 만남으로 내 감정이 상한다면 그 친구는 더 이상 제삼자가 아니게 된다. 오히려 서로 정말 소중한 친구라고 생각했다면 애초에 내 기분이 상하지 않도록 조심하지 않았을까. 그때 애인이 내 말을 들어주고 협조한다면 괜찮겠지만, 만약 그렇지 않다면 헤어질 것이다. 나보다 이성 친구가 먼저인 사람을 이해하며 사랑하고 싶지 않아서다.

반대로 친구가 먼저인 게 어떠냐고 생각하는 사람도 있을 것이다. 애인과는 언제 어떻게 될지 모르는데, 친구는 평생 가는 거라고 말하면서. 맞고 틀린 것은 없으므로 그런 사람은 그런 사람과 만나면 된다. 내가 이해할 수 있는 부분이 어디까지인지 확실히 파악하고 누군가를 만나길 권한다. 처음부터 이해와 존중이 어려운 연애는 풀 수 없는 숙제와 다르지 않다.

신뢰

"의심하고 집착하는 사람의 심리가 뭘까요?"

두 가지 중 하나라고 생각해요. 상대가 바람을 피운 적이 있거나 본인이 바람을 피운 적이 있거나. 상대가 바람을 피운 전적이 있다면 당연히 의심이 생길 수밖에 없겠지만, 믿음을 저버리는 행동을 하지 않았음에도 의심하고 집착한다면 후자일 확률이 높겠죠. 사람은 자신의 기준에서 상대를 판단하는 경우가 많거든요.

예를 들어 서로를 믿는 연인들은 애인이 밤에 말없이 잠들어도 그러려니 해요. 하지만 의심하고 집착하는 사람은 그냥 잠들었다는 애인의 말을 절대 믿지 않아요. 언젠가 자신이 그렇게 거짓말하고 바람피운 적이 있을 테니까요. 그러니 그런 사람은 최대한 멀리하는 게 좋아요. 바람은 습관이거든요. 물론 예외도 있어요. 이전 애인이 바람피워서 헤어진 사람들도 믿지 못할 가능성이 높아요. 트라우마 때문에요. 만약 그런 경우라면 대화해보며 이전 사람과 나는 다른 사람이라는 사실을 계속 주입해 주세요. 서로를 위해서요.

의심하지 않고 집착하지 않는 사람을 만나세요. 서로에게 믿음이 없는 관계는 결국 상처만 남을 거예요. 사랑이 번지점프라면 신뢰는 나를 지켜주는 줄이니까요.

내가 나일 수 없는 연애

나를 바꾸려고 하는 사람과의 연애는 다시 생각해봐야 한다. 너를 생각해서 하는 말이라며 건네는 것은 대부분 본인의 만족을 채우기 위한 말일 확률이 높다. 예를 들어 '너는 단발보다 긴 머리가 어울릴 것 같은데, 길러보는 게 어때?'라거나 '그렇게 입는 것보다 조금 더 여성스럽게 입어보면 어때?' 등의 말이 그렇다. 정말 어울릴 것 같아서 하는 말이라면 한두 번쯤 건네다가 만다. 취향을 존중해주는 거다. 하지만 그렇지 않은 이들은 계속 너를 생각해서 하는 말이라며 본인의 취향을 강요한다.

나를 있는 그대로 봐주지 않는 사람과의 연애는, 내가 나일 수 없는 연애다. 나의 취향을 놓는 순간부터 상대방에게 모든 것을 맞춰주게 된다. '내가 이렇게 하니까 그 사람이 더 좋아하네?' 하며 상대방이 원하는 대로 행동하는 것에 익숙해지기 때문이다. 그렇게 되면 하나부터 열까지 그 사람의 말에 의존하게 되면서 내 선택권은 점차 줄어든다. 내 말은 틀리고 상대방의 말은 맞는 것처럼 느껴지며 자존감이 하락하게 될 가능성도 높다. 혼자서는 아무것도 하지 못하는 사람이 되면서 상대방에게 자꾸만 의지하게 된다. 만약 그때 상대가 떠난다면 어떻게 될까. 진짜 나를 잃어버리게 되는 거다.

내가 어떤 걸 좋아했는지, 어떤 사람이었는지, 지금의 취향이 온전히 나의 것이긴 한 건지. 그것을 되돌리기까지 얼마의 시간이 걸릴지도 모른다. 커트 코베인이 말했다. 내가 아닌 모습으로 사랑받느니 있는 그대로의 내 모습으로 미움받겠다고. 나는 나일 때 가장 멋있고 아름답다. 내 모습 그대로를 사랑해주는 사람을 만나 자신을 지킬 수 있어야 한다.

새것의 마음으로

사랑을 두려워하는 사람들이 있다. 대부분 이전에 큰 상처를 받은 사람이다. 사랑한다는 이유로 온갖 폭력을 당했거나 배신당했거나 사랑을 주기만 하고 받지 못한 사람들. 다른 사람들은 행복하게 연애하는데, 내 연애는 왜 이럴까 싶어 사랑이 원망스럽기만 한 사람들. 또 다른 사람을 만나도 반복될까 막연히 두려운 거다. 너무 사랑했기에 누군가를 못 잊는 사람도 있지만, 원망과 미움으로 가득 차서 못 잊는 사람도 있다. 그러니 누군가가 다가올 때마다 이전의 사람이 생각나 조건반사처럼 겁부터 나기 마련이다. 가장 사랑했던 사람이 가장 미운 사람으로 바뀌는 일은 생각보다 흔하고 아프다.

가까운 친구 하나가 비슷한 고민을 오래 한 적이 있다. 새로운 사람을 만나고 싶은데, 자꾸 이전의 연애가 떠올라 힘들다고 했다. 과거의 사람이 너무 미워서 마음에 미움이 한가득 들어와 있는 기분이라고. 그래서 사랑이 들어올 자리가 없을 것 같다고. 만약 들어온다고 하더라도 이전과 같은 일이 반복될까 봐 겁이 난다고 했다. 할 수만 있다면 어떻게든 지나간 사람을 잊고 미움을 내보내고 싶은데, 도저히 용서가 안 된다는 친구에게 나는 이렇게 말했다.

"용서하지 않아도 돼. 그냥 세상에 없는 사람이라고 생각해. 네 인생에서 지워. 앞으로 마주칠 일도 없으니 모르는 사람이라고 생각하면서 살아. 그 사람의 존재 자체가 너를 힘들게 하는 거면 차라리 죽었다고 생각해. 죽은 사람 미워해서 뭐 하니. 너는 네 인생 살아야지."

극단적인 말이지만 진심이었다. 굳이 마음 아파하며 용

서할 필요가 있나. 사람도 미움도 지워버리면 되는 것을. 비단 연애뿐만 아니라 내게 상처를 준 사람들을 나는 한 번도 용서한 적 없으나 그들을 미워하지도 않는다. 내 삶에 없는 사람, 앞으로도 없을 사람이라고 생각하며 산다. 지나간 사람에게 관용을 베풀어주는 것이 무슨 의미가 있을까. 어차피 그들은 자신의 잘못을 잊고 잘만 살 텐데.

" 무엇보다 용서하는 주체의 '용서-하다'라는
말의 자격을 그녀는 갖고 있지 않다고 여긴다.
용서라는 말이 용서를 하고 싶어 한
누군가에 의해서가 아니라
용서를 받고 싶어 한 누군가에 의해서
발명된 말 같아서다. "

<사랑에는 사랑이 없다 / 김소연>

류시화 시인은 한 번도 상처받지 않은 것처럼 사랑하라고 했다. 상처를 오래 품어봐야 곪기밖에 더 하겠나. 다시 사랑하고 싶다면 잊고, 지우고, 덮으면서 새것의 마음을 지

어야 한다. 나에게 상처를 줬던 사람과 새로운 사람은 다른 존재라는 것을 잊지 말자. 새로운 사람에게는 응당 새것의 마음을 줘야 한다. 한 번도 상처받지 않은 것처럼.

집 같은 사람

결혼은 어떤 사람과 해야 하느냔 질문을 받을 때마다 나는 미혼이기에 어떠한 대답을 내놓기가 어렵다. 어렴풋이 들은 기혼자들의 조언과 내가 느낀 것으로만 답하는 게 고작이다. 차라리 어떤 사람과 결혼하고 싶은지 물어본다면 그건 답할 수 있다.

함께 있을 때 편안한 사람과 결혼하고 싶다. 자고 일어나서 단정치 않은 모습일지라도 아무런 거리낌이 없는 사이. 서로의 퉁퉁 부은 얼굴을 보며 누가 먼저랄 것도 없이 웃는 아침으로 하루를 시작한다면 얼마나 행복할까. 사회적으로 괜찮은 사람도 좋지만, 내 앞에선 잔뜩 모자란 사람이길 바란다. 결함 없는 사람은 없어도 솔직하지 못한 사람은 많으니까. 못난 부분을 숨길 게 아니라 드러내는 사람은 외려 완벽에 가까운 사람이 되기도 하니. 자극적인 감정보다 사소한 감정에 충분하다고 느끼는 사람, 함께 누워있을 때 가장 행복하다고 말하는 사람, 머무름보다 나아감을 선택하는 사람, 나보다 어른스러운 사람, 동물을 사랑하는 사람…. 원래 사람은 욕심이 많지 않나. 적다 보니 바라는 게 끝없이 나온다.

물론 위의 모든 것이 충족된 사람은 없을 것이다. 내게 꼭 맞는 사람은 세상에 존재하지 않으니까. 일정 부분은 내려놓더라도 편안함만은 중시하기를 권한다. 가족은 한자로 家(집 가), 族(겨레 족)이다. 집과 같은 존재라는 말이다. 대부분 집을 구할 때 편안함을 가장 우선시하지 않나. 나와 평생을 함께할 반려자 역시 집처럼 편안한 사람이어야 한다고 생각한다.

매일 하늘의 별과 달을 따다 줄 게 아니라면

내가 할 수 있는 선에서

계속하는 게 낫다.

표현은 크기보다 꾸준함이다.

Part 02.

봄

바람에 흩날리는 벚꽃잎만큼
네 생각을 했다 말할까.

한결같은 마음으로

누군가를 만날 땐 한결같음이 중요하다. 그러므로 평생 그렇게 행동할 것이 아니라면 처음부터 너무 잘해주는 건 추천하지 않는다. 서로를 알아갈 땐 초반에 보이는 모습이 전부이기 때문에, 그때의 행동이 기본값이 되기 마련이다. 좋아하는 마음에 무리하면서까지 잘해주다가 점차 원래의 값으로 돌아오게 되면 상대는 마음이 변했다고 오해할 가능성이 높다.

쉬운 예로 연락 문제가 있다. 연애 초반, 매일 칼같이 답장하던 사람이 어느 순간 답장이 늦어진다면 상대의 입장에서는 마음이 변했다고 느낀다. 상대는 예전의 당신이 무리하면서까지 답장했다는 것을 깨닫는 것보다 먼저, '할 수 있으면서 안 하는 사람'이라고 생각할 테다. 정말 변한 게 아니더라도 그럴 수밖에 없다. 이전엔 그렇게 했었으니까.

열 번 잘해도 한 번 못하면 '그렇게 안 봤는데…'가 되고 열 번 못하고 한 번 잘하면 '그래도 나쁜 애는 아니네…'가 되지 않나. 매일 하늘의 별과 달을 따다 줄 게 아니라면 내가 할 수 있는 선에서 계속하는 게 낫다. 표현은 크기보다 꾸준함이다.

사랑은 앞으로 걷는다

만약 애인의 과거 연애사를 알게 되었다면 어떻게 반응해야 할까? 가장 최선의 답은 아무것도 하지 않는 것이다. 바람이나 전과, 폭행 같은 특수 상황을 제외하고는 그냥 넘어가는 게 낫다. 우리가 만나고 있는 사람은 과거나 미래가 아니라 현재에 있는 사람이지 않나. 과거에 어떤 연애를 했든 어떤 사람이었든 지금과 연관 지을 필요 없다는 말이다. 애초에 서로의 과거에 대해서는 모르고 있는 게 약이다. 얼굴도 모르는 사람을 질투하고 싶거나 과거의 연애와 현재의 연애를 비교하며 스트레스받고 싶은 게 아니라면.

또한 내게 아픈 과거가 있다면 더더욱 상대에게 말하지 않는 게 좋다. 내가 상처받는 연애를 반복했던 사람이라는 것을 상대에게 말한다면, 언젠가 그와 다투게 되었을 때 그것이 무기로 사용될 수도 있기 때문이다.

"네가 이러니까 그런 연애만 반복했지."
"네 행동을 보니까 이제야 이해가 되네."

물론 모든 사람이 저렇게 행동하지는 않겠으나 꽤 흔한 일이다. 가장 사랑했던 사람이 가장 잔인한 사람이 되는 일. 내가 치부를 드러냈을 때 그것을 기꺼이 무기로 삼는 사람은 생각보다 많다.

과거는 그곳에 두고 행복한 현재와 함께할 미래에 집중하자. 뒤로 걷는 사람보다 앞으로 걷는 사람이 더 멀리 갈 수 있다.

사랑이라는 종교

"영원한 사랑이 존재할까요?"

세상에 영원한 건 없다지만
저는 영원히 사랑하고 싶은 사람이라서요.

사랑의 형태가 계속 바뀌면서
존재할 거라고 믿어요.

사랑은 믿음이 전부인 걸요.

복잡하지 않고
단순하게

생각이 많은 사람은 상대적으로 단순한 사람을 만나는 게 좋다. 내 머릿속이 복잡할 때 한순간에 정리해주는 든든한 역할을 하니까. 예를 들어 당신의 생각이 꼬리에 꼬리를 물어 어디서부터 풀지 모르겠을 때 단순한 사람에게 털어놓는다면, 그는 이렇게 말해줄 것이다.

"자르면 되잖아!"

사랑하는 사람끼리는 닮아간다는 말이 있다. 생각이 많

아 괴롭다면 단순한 사람을 가까이할 것. 그들의 낙천적인 성격과 간단명료함을 닮아가면서 복잡하지 않게 사랑하고 살아가기를 바란다.

그럴만한 사람

인간관계가 원만한 사람이 연애도 원만하게 한다. 인간관계가 원만하다는 건 넓이가 아니라 깊이를 말한다. 소수의 사람일지라도 서로 공생하는 관계. 마음이 가까운 사람끼리 다툼 없이 사이를 유지한다는 것은 생각보다 어려운 일이다. 둘 중 한 사람이 잘 받아주거나 둘 다 성격이 모나지 않아야 가능하기에.

만약 내가 연락하고 있는 사람이 주변인의 흉을 보거나 다툰 얘기를 듣게 된다면 주의하길 권한다. 나와 연애를 시작해도 자주 다투게 되거나 그럴 때마다 다른 사람에게 그대로 행동할 확률이 높다. 애초에 그러지 않을 사람인지 알고 싶다면 상대의 주변을 둘러볼 것. 모두에게 사랑받는 사람은 언제나 그럴만한 이유가 있다.

약간의 거리를 두어야 한다

얼굴에 상처가 났다. 이틀 전 나와 함께 사는 반려묘 네네가 남긴 상처다. 원체 순하고 다정한 성격이라 함께 지낸 10년간 한 번도 이런 적이 없었다. 온전히 내 탓이었다. 우리는 침대에서 함께 잔다. 그날도 그랬다. 잠들기 아쉬워 휴대폰으로 유튜브를 시청하다 옆을 보니 네네가 곤히 잠들어 있었고, 그 모습이 너무 사랑스러워 뽀뽀를 하려는데 깊게 잠들었던 탓인지 갑자기 느껴진 내 숨결에 크게 놀란 것이다. 저도 모르게 하악질을 하며 솜방망이 같은 앞발을 내 얼굴에 휘둘렀고 나 역시 통증에 놀라 소리를 질러버렸다. 그러고는 아차했다. 네네가 나보다 더 놀랐을 텐데.

아니나 다를까. 정신을 차리고 보니 네네는 숨을 거칠게 쉬고 있었고 평소보다 동공이 확장되어 있었다. 나는 최대한 몸을 숙이고 네네에게 다가갔다.

"네네야, 많이 놀랐지. 엄마가 미안해. 정말 미안해. 엄마는 괜찮아. 우리 아가 이리 와."

낮은 목소리로 어르고 달래며 조심스러운 손길을 내어주자 네네는 금방 진정했고 나는 그제야 상처를 확인할 수 있었다. 턱 오른쪽 부근이 발갛게 부어 있었고 손가락 한 마디 정도의 빗금 상처가 났다. 목은 또 언제 긁힌 건지 피가 맺혀 있었다. 아팠다. 네네를 신경 쓰느라 내가 아프다는 걸 그때 알았다. 가볍게 소독하고 연고를 발랐다. 그러면서 생각했다. 고양이라는 동물이 원래 그렇지. 워낙 잘 놀라고 예민하니 더욱 조심해야 했는데…. 내게만 다정하고 둥근 마음이었다는 걸 익숙해서 잊고 있었다. 사랑한다고 해서 노크도 없이 네네의 공간에 불쑥 들어간 자신을 탓했다. 언제나 모든 걸 내어주고 허락하는 아이지만, 매번 허락한다는 이유로 동의 없이 침범해선 안 되는 거였다.

과거의 나는 관계에서도 이와 비슷한 실수를 저지르곤 했다. '왜 내게 힘든 일을 얘기해주지 않아? 왜 모든 걸 혼자 해결하려고 해? 왜 나를 믿지 않는 거야? 왜? 도대체 왜.' 속내를 드러내지 않는 사람에겐 서운함을 느껴 화를 내고는 했다. 소중한 사람일수록 지켜줘야 하는 거리가 있다는 것도 상대가 문을 열어줘야만 들어갈 수 있다는 것도 몰라서 그랬다. 오히려 매일같이 문 좀 열어달라며 상대의 마음을 때리고 더욱 닫히게만 했다. 아마 여는 법을 알았다면 나는 도둑처럼 몰래 그 문을 열고 관계를 파멸로 이끌었을지도 모른다. 그땐 사랑이 전지전능하다 믿었다. 내가 상대의 모든 걸 쥐고 있는 사람처럼 '사랑 앞에 안 되는 일은 없어. 사랑하면 다 가능한 거라고.' 지독히 멍청한 말을 하면서.

소중한 관계일수록 지켜야 할 선이 있다. 그중에서도 가장 조심해야 하는 것은 사랑을 무기 삼아 누군가의 인생을 마음대로 침범하지 않는 거다. 사랑한다는 말이 모든 것을 허용하겠다는 의미는 아니다. 반대로 누군가가 사랑을 인질 잡아 당신을 괴롭게 한다면… 도망쳐라. 사랑의 모습은 다양하지만, 그런 게 사랑이어서는 안 된다. 한쪽이 옴짝달싹 못 하게 되는 순간 더는 사랑이 사랑일 수 없게 된다.

들어오는 마음과
떠나는 마음

사람과 사람이 만나는 일은 그렇다.
들어오는 마음과 떠나는 마음의 반복이다.
단, 떠난 자리를 어떤 이유로든
오래 방치하면 안 된다.

뒤를 계속 돌아보다간
앞에 놓인 마음을 발견하지 못할 테니
슬프더라도 누군가의 흔적을 조금씩
깨끗하게 청소해야 한다.

오래전 청소를 마친 내게
다음에 들어올 사람은 당신이기를 바란다.

푹 머물다가 이곳이 너무 편안해서
영영 떠나지 않으면 더 좋겠다.

몇 번의 계절 동안 비어있던 곳이라
혹시라도 추울까
손이 따듯한 당신의 이름도 적어두었다.

문 앞에 내가 있으니
당신은 노크 한 번만 하셔라.

그거 하나면
당신은 세상에 둘도 없는 내 편을 얻게 될 테고
내가 맨발로 달려 나가 손을 잡고 껴안기도
괜찮다면 더 한 짓도 할 테니
너무 늦지 않게 오셔라.

나를 사랑하는
내가 사랑하는

나를 사랑하는 사람, 내가 사랑하는 사람 중
어떤 사람이 더 좋냐는 질문에 이렇게 답했다.

나를 사랑하는 내가, 사랑하는 사람.

누군가가 나를 사랑해 주는 것도
내가 누군가를 사랑하는 것도
귀한 일이지만
그전에 나를 사랑하는 내가 있어야 한다.

나를 사랑하지 않는 상태로 누군가를 사랑하게 되면
내 삶의 주체는 내가 아니라 상대방이 될 테니.

누구보다 나를 먼저 사랑해야 한다.

식어가는 게 아니라 따듯해지는 것

"너무 안정적이기만 하면 재미없지 않나?"

내가 처음으로 마음이 편안한 연애를 시작했을 때, 친한 동생이 물었다. 그때 나는 한 치의 망설임도 없이 해보고 얘기하라고 했다. 그러자 동생이 답했다. 어쩌면 나도 그런 사랑을 원하고 있을지도 모르겠다고. 매번 짧게 마무리되는 연애에 지쳤다고. 떨리고 설레는 것만이 사랑은 아님을 알게 된다면 그 애도 은은한 미온의 사랑을 하게 될 수 있을까.

흔히 사랑의 유통기한은 1~3년 사이라고 한다. 사실 이것은 사랑이 아니라 도파민의 유지 기간인데, 도파민은 상대방에 대한 기대감과 흥미를 불러일으켜 설렘을 유발하는 호르몬이다. 대개 연애 초반에 가장 많이 분비되며 시간이 흐를수록 점차 줄어든다. 그러면서 자연스럽게 옥시토신이 분비되기 시작하는데, 이 호르몬은 도파민과 다르게 떨림보다 안정감과 유대감에 가깝다. 주로 대화나 신체적인 접촉에서 분비된다. 대부분의 연애 유형을 이렇게 두 가지로 나눌 수 있다. 도파민형 연애와 옥시토신형 연애.

1. 도파민형은 떨림과 설렘 그리고 짜릿함을 좇는다. 자극적인 것이 사랑이라 생각한다. 함께 있을 때 긴장되고 불편한 사람이나 머릿속을 어지럽게 만드는 사람을 찾아다닌다. 이런 유형은 아주 작은 변화에도 불안해하고 수시로 사랑을 의심한다. 항상 뜨겁고 불같은 사랑을 꿈꾸다가 그런 마음이 시들해지면 이내 권태기가 오거나 이별한다.

2. 옥시토신형은 편안한 연애를 추구한다. 함께 있을 때 거리낌이 없는 사람, 마음을 평온하게 만들어주는 사람을

선호한다. 서로의 마음을 의심치 않기에 안정적인 사랑이 가능하며, 적당한 온도의 사랑을 한다. 뜨겁진 않지만 은은히 오래 간다.

두 유형의 차이는 안정적인 사랑을 해본 적 있느냐와 없느냐다. 설레지 않아도 사랑할 수 있음을 아는 사람과 그렇지 않은 사람. 편안함에서 오는 따듯함을 느낄 수 있는 사람과 그렇지 않은 사람. 호르몬의 변화가 두 사람에게 동시에 오지는 않는다. 내가 뜨겁게 사랑하고 있을 때 상대방은 안정적인 마음을 느끼고 있을 수도 있고, 반대로 내가 안정적인 마음에 접어들었을 때 상대방은 타오르고 있을 수도 있다. 뜨거웠던 온도가 미지근해질 때 어떻게 받아들이느냐가 중요하다.

지독한 도파민형 인간이었던 나는 그런 것만이 사랑이라고 생각했다. 나를 언제나 안절부절못하게 하고 예측할 수 없게 만드는 사람과의 만남. 나를 제정신이 아닌 사람으로 만드는 게 사랑인 줄 알았다. 엿같은 상황에 당도해도 내게 이런 감정을 느끼게 하는 사람은 흔치 않다는 이유로 버텰 수 있게 해준 이상한 신념 같은 거였다. 아프니까 청춘이라는 말처럼 아프니까 사랑인가 싶었다.

그러다 처음으로 안정적인 연애를 하게 되었을 때 조금은 혼란스러웠다. 이전의 연애처럼 강하게 울렁거리지 않았으니까. 떨리진 않았지만 설레었고 짜릿하진 않았어도 따듯했다. 이것도 사랑인가 싶다가 시간이 지날수록 마음이 커지면서 확실히 알았다. 사랑이구나. 안정적인 연애라는 게 이런 거구나. 나도 이런 걸 할 수 있는 사람이었구나. 그 사실을 깨달았을 땐, 나 자신이 기특하고 고마워서 한참을 울었다.

이처럼 도파민형 인간이 평생 안정적인 연애를 못 하는 건 아니다. 새로운 사랑을 시작할 때 뜨거웠던 마음이 언젠간 따듯해지는 당연한 수순을 잊지 않으면 된다. 아니면 그것을 알게 해줄 사람을 만나는 것도 하나의 방법이겠다. 뜨거움만이 사랑은 아님을 알게 되는 날이 오길. 불같은 사랑은 순식간에 타올라 한숨의 재가 되지만, 미지근한 사랑은 내내 당신을 따듯하게 데워줄 것이다.

사랑하는 법

어떤 것을 사랑하게 되면
알맞게 사랑할 줄 알아야 한다.

당신이 봄을 사랑한다면
금방 사라지는 벚꽃을 마땅히 보러 다녀야 하고
여름을 사랑한다면
장마에 잔뜩 젖어보기도 해야 하고
가을을 사랑한다면
저녁 산책을 자주 해야 하고

겨울을 사랑한다면
눈 오는 날을 오매불망 기다려야 하는 것처럼

겁이 많은 사람을 사랑하게 된다면
조심스럽게 다가가야 하고
불같은 사람을 사랑하게 된다면
뜨겁게 타올라야 한다.

사랑하는 사람에게 사랑을 느끼게 하는 방법도 같다.
그가 내게 해주는 것들을 똑같이 주면 된다.

당신의 연인이 편지를 자주 써준다면
그에게는 편지를 써주는 것이 사랑의 표현이므로
똑같이 해준다면 그도 사랑을 느끼게 될 것이다.

사랑하는 사람을 만나는 일은 어려워도
사랑하는 법은 이토록 쉽다.

화도 내본 사람이 잘 낸다

누군가를 좋아하게 되면 많은 잘못을 용인하게 된다. 잘 지내고 싶은 마음에 그럴 수 있지 하며 넘기게 되는 것이다. 하지만 넘기고 넘겨도 끝없이 잘못하는 사람들이 있다. 정말 잘못인 걸 몰라서가 아니라 그들에게 나는 이미 그래도 되는 사람이 됐기 때문이다. 그쯤 되면 당사자도 헷갈리기 시작한다. '원래 다들 이렇게 연애하나?', '내가 화내도 되는 부분인가?', '이 정도는 넘어가도 되는 문젠가?' 잘못에 대해 짚고 가지 않고 넘어가다 보니 판단력이 흐려진 거다.

화도 내본 사람이 잘 낸다고 했다. 지나치게 참지 말라는 말이다. 한두 번은 그냥 넘길지언정 아닌 건 아니라고 말하기도 해야 한다. 계속 참다가는 상대에게 '그래도 되는 사람'이 되거나 잘못된 방식으로 분노를 표출하게 될 가능성이 높다. 오히려 큰 문제에 대해선 아무 말 않다가 자잘한 문제에서 터진다거나 쌓인 것들이 한 번에 나오면서 감정적으로 이별을 고하며 원치 않게 헤어질 수도 있다. 사랑한다는 이유로 참는 것만이 답은 아니다.

건강한 연애를
하고 싶다면

"건강하지 않은 연애와 건강한 연애의 차이는 뭘까요?"

사랑을 계곡으로 비유해 볼게요. 건강하지 않은 연애는 그곳에 빠지는 게 사랑이라고 생각해요. 그 안에서 수영도 하고 물살이 흐르는 대로 휩쓸리기도 하고 바위 같은 것들에게 상처 입기도 하면서요. 그러다 추워져도 나올 생각을 안 해요. 사랑에 온몸을 맡기는 거예요. 그러다가 이별하면 그곳에서 나와야겠죠. 그때 나는 어떤 상태일까요. 온몸과 마음이 다 젖어 무거운데, 상처도 있어요. 그때 이런 생각이 들겠죠. '이걸 언제 다 말리지? 차라리 안에 들어가 있는 게 더 나은 거 아닌가?' 하지만 다시 들어가기엔 이미 그곳은 너무 추워졌어요. 이러지도 저러지도 못하는 거예요. 슬프고 억울하겠죠. 나는 물살도 상처도 다 이겨내며 사랑했는데.

하지만 건강한 연애는 그곳에 들어가지 않아요. 대신 옆을 지켜주는 거예요. 수질은 어떤지, 물의 온도는 적당한지, 어디로 흘러가고 있는지 확인하면서요. 그러다 잘못 흘러가는 걸 발견하면 댐을 놓아 해결해 주기도 하고요. 가끔은 사랑에 손과 발을 담그기도 하겠지만, 온몸을 던지진 않아요. 나로 인해 계곡이 흙탕물이 되지 않았으면 하거든요. 흠뻑 젖고 나면 금세 추워질 거라는 사실도 알고 있을 테고요. 자신과 사랑을 지킬 줄 아는 사람인 거예요. 그러다 이별하게 되면 아쉬워도 돌아서겠죠. 상처 하나 없이 처음 왔던 모습 그대로요.

더 사랑한 사람과 덜 사랑한 사람처럼 보일 수도 있겠지만, 전혀 아니에요. 사랑하는 방식의 차이인 거지. 애초에 감정은 마음대로 조절할 수 있는 게 아니기도 하고요. 계곡에 온몸을 던진 사람은 사랑을 위해 어떤 행동을 했나요? 모든 것을 내던졌죠. 상처를 주고받는 것도 감수하고 그저 흐르는 대로요. 지키려는 노력 없이 사랑이라는 감정에만 충실한 거예요. 하지만 계곡에 빠지지 않은 사람은 자신이 할 수 있는 최선의 노력을 했어요. 서로에게 상처 주지 않고 관계를 지키면서요.

살면서 한 번쯤은 모든 걸 내던지는 사랑을 해봐야 한다고 생각하지만, 그건 단 한 번으로 충분해요. 이미 허벅지쯤은 사랑에 빠진 것 같을 때 신중하게 선택하길 바라요. 모든 걸 내던지고 마음껏 상처받는 사랑을 할 건지, 서로를 지키기 위해 한발 물러나서 사랑할 건지. 내 선택에 따라 결과는 달라질 테니까요.

불안하게 만드는 것들

불안하지 않은 연애를 하고 싶다면 상대의 마음을 확신하지 않는 게 중요하다. 불안한 연애를 지속하다 보면 머릿속으로 온갖 소설을 쓰게 되기 마련이다. 일어나지도 않은 일을 걱정한다거나 상대방의 반응을 예측하면서 최악의 수는 다 대입해보기도 한다. 아주 작은 다툼에도 이별부터 걱정한다. 본인의 감정이 어떤지는 생각하려고 하지 않으면서 상대방이 어떤 생각을 하고 있을까 예측하기에 급급하다. 그 사람이 나를 좋아하는지 아닌지 혼자 판단하고 상대방은 헤어질 생각도 없는데 차일 생각부터 한다. 혼자서 계속 무덤을 파고 있는 거다.

나를 불안하게 만드는 사람은 상대가 아니라 스스로일 확률이 높다. 상대의 입으로 직접 들은 말 외에는 그 어떤 말도 부정적으로 해석하려 들지 말자. 최대한 있는 그대로 보고 듣기를 바란다. 노력해도 불안함이 가시지 않는다면 좋아하지 않는 사람을 시간과 감정 소모해가며 만날 이유가 없다는 사실만 기억하기를 바란다. 감정은 단순명료하다.

연애할 여건

나이를 먹을수록 사람을 만나는 일이 어렵다. 어디서 어떻게 만나느냐도 문제지만, 당장 생존하는 것부터가 문제인 사람도 수두룩하다. 그뿐만 아니라 커리어도 쌓아야 하고 인간관계도 유지해야 한다. 이처럼 모두가 '바쁘다 바빠 현대 사회'를 외치니 연애는 언제 하고 사랑은 언제 하나.

그렇기에 더더욱 기회가 오면 잡아야 한다고 생각한다. 지나치게 현실을 걱정한다거나 신중하고 싶은 마음에 망설이다간 혼자인 시간이 길어질 뿐이다. 일과 사랑, 전부를 만족할 수 없을 것 같아서 일만 한다는 사람을 보면 안타깝다. 애초에 만족의 기준은 본인이 정한 거 아닌가. 충분히 할 수 있음에도 '지금은 아니'라는 사람들. 물론 원하는 미래에 도달하기 위해 열심히 사는 모습은 충분히 멋있지만, 그 옆에 아무도 없다면 정말 행복한 삶일까. 우리보다 더 바쁜 이들도 잘만 연애하고 산다. 마음에 드는 상대가 생긴다면 내가 할 수 있는 선에서 시작해 보길 권한다.

만약 현실적으로(금전적으로) 도저히 연애할 상황이 아니라면 그건 어쩔 수 없다. 당장 배가 침몰하고 있는 와중에 누군가를 끌어들일 시간이 어딨겠나. 물부터 빼내든, 구명조끼를 찾아 탈출부터 하든 일단 살아야 하니까.

당장 살기 위해 매일 헤엄치는 상태가 아니라면 연애할 여건은 충분하다. 우리가 가장 젊은 날은 오늘이랬다. 한 살이라도 어릴 때 많은 사람을 만나 보며 눈과 마음을 길러야 한다.

나이에 맞는 사랑

사랑에 나이는 없지만, 나이에 맞는 사랑은 있다고 생각한다. 10대부터 30대까지로 나눈다면 10대에게는 조건 없는 사랑, 20대에게는 맞춰가는 사랑, 30대에게는 안정적인 사랑이다.

10대는 감정에 충실해야 한다. 크게 상처받더라도 그때가 아니면 느낄 수 없는 것들이 있기 때문이다. 특별한 걸 하지 않더라도 상대의 존재만으로 충분한 관계. 첫 단추를 잘 끼워야 한다고 하지 않나. 오히려 처음부터 조심하는 것보다 어릴 때 빠르게 겪는 게 낫다. 만약 10대에 그런 사랑을 해보지 않았다면, 20대 초반까지는 해볼 것을 권한다. 지나치게 뜨겁고 불같은 사랑은 20대 중후반이나 30대에겐 치명적일 수도 있다고 생각해서다. 아니면 안정적인 연애를 잘하고 있다가도 불같은 사랑 한 번 해보지 못했다는 사실에 언젠가 마음이 흔들릴 것을 방지하기 위해서도 있다.

20대부터는 이성이 앞서야 한다. 감정을 배제하라는 말이 아니라 지배당하지 않도록 노력해야 한다는 말이다. 사회로 나갈 나이가 되었으므로 10대와는 다르게 연애해야 한다. 나와 다른 사람을 만나 서로 맞춰가면서 조금씩 성숙해져야 한다. 연애하면서 더 나은 사람이 되기 위해, 더 나은 사람을 만나기 위해 자신만의 정답과 오답을 찾아가는 거다. 두 마리 토끼를 잡는 일은 쉽지 않다. 하지만 쉽지 않다는 건 불가능하지 않다는 말이기도 하다. 내 미래를 꾸준히 개척하면서 연애까지 하려면 조금은 차분해질 필요가 있다. 쉽게 말해 사랑이 전부라는 생각만 내려놓아도 조금은 수월해진다.

30대부터는 사람 보는 눈이 있어야 한다. 단순히 좋은 사람, 괜찮은 사람이 아니다. 나와 잘 맞는 사람을 알아봐야 한다. 지나간 연애가 기반이 되므로 여전히 모르겠다면 최대한 많은 사람과 대화해 보고 알아보기를 권한다. 만약 이미 잘 맞는 사람과 연애 중이라면 안정을 지키기 위해 노력해야 한다. 안정은 유지가 관건이다. 편안하다는 이유로 가만히 있다가는 나도 모르는 새에 식어버리기 마련이니. 비혼주의라면 상대에게 미리 알리기도 해야 하고, 그렇지 않다면 자연스레 결혼에 대한 생각도 부담스럽지 않게 나눌 수 있는 사이가 되어야 한다. 당장 결혼하지 않더라도 어떤 생각을 하고 있는지 알아야 미래를 함께 얘기할 수 있을 테니.

물론 10대부터 안정적일 수도 있고 20대에 결혼할 수도 있고 30대에 불같은 사랑을 하게 될 수도 있다. 30대가 되어 돌아봤을 때, 내가 이랬다면 어땠을까 하고 세워 본 기준이므로 참고만 하시길. 어떤 시기에 어떤 연애를 하든 당신이 행복하다면 그것으로 충분하다.

혼자보다 못한 둘이라면

이별을 고려 중일 땐, 연애 전과 후를 비교해야 한다. 내가 언제 더 행복했는지. 후자라면 조금 더 만남을 이어가길 바라지만, 전자라면 과감히 헤어지길 권한다. 혼자일 때보다 불행한 연애는 서로에게 좋지 않은 영향을 끼치기 마련이다.

김연자의 아모르파티라는 노래에 '연애는 필수, 결혼은 선택'이라는 구절이 있다. 혼자서도 충분히 잘 살 수 있는데, 왜 연애가 필수여야 할까? 행복한 혼자보다 행복한 둘이 낫기 때문이다(여기서 중요한 건 행복이라는 전제가 있어야 한다는 것). 백지장도 맞들면 낫다고 하지 않나. 힘든 시련이 찾아와도 기댈 사람이 있다는 것, 아름다운 순간을 공유할 수 있는 사람이 있다는 것, 내 시절의 일부를 기억해주는 사람이 있다는 것보다 의미 있는 삶이 있을까. 또한 연애를 하다 보면 또 다른 나를 발견하며, 진짜 '나'를 알아가게 되기도 한다. 그 과정에서 새로운 감정을 배우기도 하고 깨닫는 것도 무수히 많다.

하지만 행복하지 않은 연애는 어떤가. 자존감과 자기애가 떨어진다거나 상처를 주고받는 일의 연속이지 않나. 그 아픔 속에서도 분명 배울 점은 있겠으나 진심으로 행복한 삶이라고 말할 수 있을까. 훗날 생각해봐도 다시 돌아가고 싶은 순간일까. 결국엔 행복해질 거라고 끝없이 합리화하는 중이거나 이미 끝났다는 것을 체감했음에도 놓지 못해 이어가는 중인 건 아닐까. 혼자였다면 느끼지 않았을 것들을 끌어안고 사는 중이진 않은가. 나를 계속 갉아먹는 연애는 후회밖에 남지 않는다.

연애는 슬퍼하고 상처받기 위한 게 아니라
지금보다 행복해지기 위한 하나의 수단이어야 한다.

누군가를 너무 사랑하면

나는 엄마한테 편지를 쓸 때마다 우는데,
그 사람한테 편지를 쓸 때도 눈물이 난다.

누군가를 너무 사랑하면
그 마음이 넘쳐서
눈으로 흐르는 모양이다.

"항상 너를 먼저 생각해.

네가 우선이고 네가 중심인 삶을 살아."

Part 03.

얼마나 사랑했느냐면

그 사람과 만나면서 서운했던 일로만
책 열 권도 넘게 쓸 수 있는데

사랑했다 네 글자만으로
그 전부를 무색하게 할 수 있을 정도로요.

이별을
받아들이는 자세

「좋아하는 사람이랑 첫눈 보기로 했는데
언제쯤 오나요. 빨리 왔으면 좋겠는데」

올해 첫눈이 언제쯤 내리려나 검색하다 네이버 지식인에서 발견한 마음. 혼자 보기 아까울 만큼 순수하고 예뻐서 SNS에 공유했는데, 그로부터 4개월쯤 지났을 때 당사자로부터 연락이 왔다. 내 SNS를 보다가 본인의 질문 글을 보고 너무 놀라서 메시지 보낸다며, 아쉽게도 그 사람과는 첫눈을 같이 보고 2주 전쯤 헤어졌다고 했다. 마침 그를 잊지 못해 글을 보며 마음을 달래는 중이었는데, 우연히 발견한 게시물 덕분에 다시금 추억할 수 있어 위로가 됐다는 말과 함께.

나도 당사자만큼 놀랐으나 그래도 다행이라는 생각이 가장 먼저 들었다. 그녀는 이별이 슬프기만 한 것은 아니라는 사실을 알고 있는, 흔치 않게도 순수함과 성숙함을 동시에 지닌 사람이었으니까. 이처럼 비교적 최근에 이별했음에도 아름다운 기억이라며 자신을 토닥일 줄 아는 사람은 많지 않다. 대부분은 이별을 받아들이지 못하고 맞닥뜨린 흔적 앞에 무너지며 슬퍼하기 마련이니.

이별 앞에 어떻게 대처하느냐에 따라 지난 사랑의 모습이 결정된다고 생각한다. 이별을 슬프게만 본다면 지난 사랑은 영영 슬프게 기억될 테지만, 이별을 새로운 시작이나 아름다운 마무리로 본다면 지난 사랑 역시 긍정적인 의미를 갖게 되지 않을까.

'이별은 거대한 재앙이 아니라 하나의 끝맺음이다.'

이별 앞에서 어떤 태도를 취해야 할지 모르겠다면, 이별을 받아들이는 것과 동시에 새로운 시작이 있음을 상기할 수 있도록 이 말 하나만 기억하자.

메시아 신드롬

사랑의 힘으로 누군가를 바꿀 수 있다고 믿었던 때가 있었다. 상대방이 내게 자주 상처를 줘도 우리는 서로를 지독히 사랑하고 있으니 이 사람도 언젠간 변할 거라 생각했다. 또 다른 사람이 아니라 오직 나만이 그 사람을 받아줄 수 있으며, 참고 견디다 보면 상대도 나의 노력에 감복해 더 큰 사랑으로 보답할 것이라고도.

이와 비슷한 증상을 '메시아 신드롬' 또는 '평강 공주 신드롬'이라고 한다. 자신보다 부족한 상대를 키워주고 이끌어주면서 상대방의 성장에 기뻐하고 행복감을 느끼는 증후군이다. 자신이 상대보다 우월하다는 생각이 기저에 깔려있다. 오직 나만이 그를 구원할 수 있으며 그의 행복이 곧 나의 행복이라고 믿기에 자신에 대한 존중이 없는 사랑이다.

인정하기 싫지만, 그랬다. 나는 그때 만났던 사람이 사회적으로 부족하다기보다 심적으로 부족하다고 생각했다. 내가 그 사람보다 마음이 넓고 성숙하니, 받아주고 이해해주면서 사랑을 알려주면 되는 일이라고 믿었다. 사랑하니까, 사랑하기 때문에, 사랑은 기적을 일으키기도 하니. 원체 오지랖이 넓어 챙기는 걸 좋아하는 성격도 한몫했다. 혼자 할 수 있는 일을 굳이 챙겨주며 잔소리할 때마다 좋아하는 그 사람을 보면서 뿌듯해했다. 내가 그에게 없으면 안 될 존재라는 기분이 들 때마다 마음이 더욱 커졌다. 내가 상처받는 일이 생기더라도 그는 나보다 마음이 어린 사람이니 이해하자는 생각으로 아픔을 견뎠다. 하지만 그는 늘 자신의 상황이나 마음이 힘들 때마다 내게 상처를 줬다. 그에게 생기는 모든 문제의 원인이 나라고 했다.

"너만 없었으면."

"네가 아니었으면."

"네가 그 말만 하지 않았어도."

그는 화날 때마다 물건을 던지거나 부수고, 눈망울이 아닌 눈깔로 나를 쳐다보며 욕설을 내뱉고, 길거리에서 나를 밀친다거나 멱살을 잡기도 했다. 한 번도 주먹질을 하진 않았으나 그것 빼곤 다 했다. 나는 그의 폭력적인 행동을 보는 것보다 원망과 욕설을 듣는 것을 더 힘들어했다. 그를 위해, 그를 중심으로, 그를 생각하면서 매일을 살고 있었는데. 그가 잘 되기만을 바라며 내가 할 수 있는 모든 걸 하고 있다고 생각했는데. 하면서. 그는 평소와 다른 모습을 보일 때마다 내가 사랑한단 이유로 자신을 갉아먹고 있다고 했다. 자신이 이렇게 된 건 전부 네 탓이며 너는 내가 아닌 사랑을 사랑하고 있는 거라고. 나라는 사람에 대한 존중은 없고 너의 감정만을 우선시하는 사람이라고. 그때 나는 아니라며 부정했지만, 지금 생각해보면 반은 맞았지 싶다. 그를 존중하고 사랑했으나 그를 사랑하고 있던 그때의 내 모습 역시 사랑했다. 사랑을 위해 헌신하는 사람, 사랑하는 이를 위해 자신을 포기하고 사는 사람. 그런 자신에게 취해 있었다.

친한 친구 한 명은 내가 헤어지는 게 소원이라고도 했다. 누군가를 만나고 헤어짐에 있어 참견하는 친구가 아니었는데, 힘들어하는 모습을 보는 게 끔찍이도 싫었단다. 나는 아직 그를 많이 사랑해서 헤어질 수 없다고 했다. 마음이 끝나면 그때 헤어질게. 마음이 다 하면 그때. 상처를 너무 많이 받아서 이제 더 안 아파질 때가 오면 그때. 그건 나에게 하는 다짐이기도 했다.

이별보다 사랑이 아팠다. 심장이나 손발이 자주 떨렸다. 살면서 처음으로 과호흡이 왔다. 그것도 여러 번. 1년도 안 되는 시간에 몸무게가 5kg이나 줄었다. 만나는 지인마다 어디 아픈 거 아니냐고 물었다. 그건 사랑을 위한 희생이 아니라 자해였다. 그가 내게 한 행동들은 분명 잘못됐지만, 그를 욕하고 싶은 게 아니다. 우린 서로 다른 방식으로 상처를 줬다. 나는 그에게 나의 사랑 방식을 은연중에 강요했고 그를 있는 그대로 사랑하지 않았다. 내가 하는 사랑이 정답이라 믿으며 괴롭게 했을지도 모른다. 그는 나에게 상처 주는 일과 사과하는 일을 반복했고 어느 순간부터 내가 받아주는 것을 당연시했다. 꼬인 감정을 풀기 위한 대화는 매번 허공에 흩어졌지만, 그 과정에서 파생된 상처는 다른 길로 새는 법이 없었다.

다시는 그런 마음으로 누군가를 사랑하지 않겠지만, 그걸 잘못된 사랑이라고 표현하고 싶진 않다. 조금 틀어진 사랑 정도로 정의하고 싶다. 같은 마음이었음에도 모습이 달랐던 사랑. 사랑과 노력으로 누군가를 바꿀 수 없다는 걸 확실하게 깨달은 만남이기도 하다. 사랑으로 인해 자신이 변할 순 있어도 누군가의 애정과 조언으로 인해 바뀔 수는 없다. 그를 만나면서 많은 걸 포기한 것이 내 선택이었고 내가 아무리 말해도 달라지지 않은 것이 그의 선택이었듯. 사랑은 사람을 변화시킬 수 있으나 그건 본인의 의지가 있어야만 가능한 일이다.

희생은 함부로 건네지도 바라지도 않아야 한다. 또한 희생할 만한 가치가 있는 사랑에게만 희생해야 한다. 보이지 않는 미래가 아닌 현재를 봐야 한다. 사람은 사람에게 구원자가 될 수 없다. 한 사람 인생에 나침반이 되어줄 수도 없다. 아무리 사랑하더라도 서로에게 상처만 주는 관계는 다시 생각했으면 한다. 틀림이 아니라 다름으로만 상처가 되는 사이도 있다. 서로에게 잘못이 있으나 상대의 잘못만 보이고 자신의 잘못은 인식하지 못하는 관계. 상처를 주면서도 상처인 것을 모르는 관계. 맞춰지는 기간이 지나면 자연스레 해결될 거라 믿으며 막연히 참는 아픈 관계들.

진심과 사랑이 모든 걸 가능케 하진 않는다.
나는 그걸 아프게 배웠다.

희석

집에서 작업할 때면
더치 커피 원액을 희석해서 마신다.

워낙 커피를 좋아하는데
원액은 농도를 조절할 수도 있고
간편해서 선호하는 편이다.

그러다 가끔 실수로
원액을 잔뜩 붓게 되면

그곳에 물을 더 넣는다.

그대로 마시기엔 너무 쓰고
이미 물과 섞여버린 원액을
분리할 수는 없으니까.

이별이나 아픔도 비슷하다.
어떤 감정은 그대로 두기엔 너무 쓰고
이미 범벅이 되어 분리할 수 없을 때가 있다.

그럴 때도 희석하면 된다.
나를 위한 것들로 채우는 거다.
친구, 연애, 취미, 여행 뭐든 좋다.

원래 부정적인 감정이 더 진한 법이니
그것의 열 배쯤 되는 긍정을 넣으면 된다.

그러니 억지로 잊거나 지울 필요 없다.
다시 채우면 그만이다.

중요한 사람

"이수야, 너는 가끔 지나치게 이타적이야."

어떻게 해야 상대방의 기분이 상하지 않게 내 의견을 말할까 고민하는 내게 오랜 친구 Y가 해준 말이다. 나는 그렇지 않다고 대답했으나 Y는 이렇게 말했다.

"만약에 네가 옷 가게에서 일한다고 생각해 봐. 거기는 정찰제라 할인이 안 되는 곳이야. 근데 고객이 와서 옷의 가격을 물은 뒤 할인이 되냐고 했을 때, 너는 정찰제라 안 된다고 대답하겠지?"

"그렇지. 내가 임의로 할 수 있는 게 아니니까."

"그런데 정말 안 되냐고 한 번 더 물어봤을 때, 대부분은 똑같이 안 된다고 답해. 그런데 내가 아는 너는 점장이든 사장이든 윗사람한테 가서 이렇게 물어볼 사람이야. '이거 혹시 직원 할인 같은 건 안 되나요? 할인해 줄 방법 있나요?' 왜냐면 너는 고객의 기분이 상하지 않았으면 하는 사람이거든."

"아…."

"어떻게든 방법을 찾으려고 하지. 그 사람을 도와주고 싶으니까."

"무슨 말인지 알 것 같아."

"네가 틀렸다거나 잘못됐다는 건 아니야. 하지만 스스로 피해 보거나 스트레스받으면서까지 그럴 필요가 없다는 걸 말해주고 싶은 거지."

"응. 이해했어."

"타인을 생각하는 건 좋은데, 타인이 우선이어선 안 돼. 너를 먼저 생각해야지."

"그렇지. 고마워."

"네가 솔직하게 말했을 때, 그걸 불편해하거나 기분 나빠하는 사람이 있다면 그런 사람은 멀리하면 돼. 싫은 걸 싫다고 말하는 게 뭐가 어떻다고."

머리를 한 대 맞은 기분이었다. 친구가 말해주기 전까지 내가 그렇다는 걸 전혀 몰랐지만, 듣고 보니 정말 그랬다. 연인이나 친구에게도 어떤 말을 하기 전에 상대방의 기분을 먼저 생각했다. 내가 느끼고 있는 불편함보다 상대방이 내 의견을 듣고 느낄 감정에 대해 먼저 고려하는 편이었다. 관계의 틀어짐이 두려워서도 있겠지만, 타고난 성향 탓이 컸다. 타인에게 피해 주기 싫어하는 사람은 대부분 나처럼 행동한다. 누군가의 기분을 상하게 하느니 내가 조금 더 손해 보는 게 낫다고 판단하는 거다. 하지만 그런 시간이 길어지면 자연스레 상대의 눈치를 보게 되고 연인이나 친구 관계에서도 배려가 당연해진다. 잘해주다 보면 언젠가 상대방도 나처럼 해줄 거라고 믿은 적도 있으나 살아보니 정말 극소수의 사람만 그랬다. 이제는 나를 먼저 생각하기로 한다. 성정은 쉽게 변하지 않겠지만, 친구의 말을 되새기다 보면 언젠가 그렇게 되지 않을까 기대하면서.

“항상 너를 먼저 생각해.

네가 우선이고 네가 중심인 삶을 살아.”

의미를 부여하는 순간

이별 후 흔히 하는 실수가 있다. 바로 의미 부여다. 헤어진 사람의 SNS 상태 메시지, 프로필 사진, 음악…. 하다못해 헤어질 때 하던 말들 속에서도 마음이 남아있지 않을까 뒤적이기 바쁘다. 다신 너 같은 사람 만나지 못할 거라는 말, 나를 너만큼 사랑해준 사람은 없었다는 말, 친구로라도 남자는 말, 진심으로 잘 지내라는 말, 행복하기를 바란다는 말.

냉정하게 말하면 전부 헤어지자는 말을 길게 한 것뿐이다. 정말 마음이 남아있고 여전히 사랑한다면 헤어지자고 할 리가 없으니까.

헤어진 순간부터 그 사람의 모든 행동에 나를 대입하지 않아야 한다. 그게 내가 아니란 걸 알게 되면 이별 후에도 계속 상처를 받을 테니까. 그의 모든 행동이 정말 나를 향한 메시지일지라도 마찬가지다. 연락은 없으면서 재회하고 싶은 티를 낸다는 건 마음이 거기까지인 거다. 그립거나 보고 싶지만, 재회는 망설여지는 정도. 이때 혹시나 하는 마음에 연락하면 확신이 서지 않다는 이유로 거절당할 확률이 높다. 희망 고문인 거다.

잊고 싶든 재회하고 싶든 상관없이 의미 부여하는 일은 멈춰야 한다. 상대의 마음을 추측하는 것도 마찬가지다. 헤어진 순간부터 상대가 아니라 나에게 집중하는 게 우선이다. 의미를 부여하는 순간 상처는 오롯이 내 몫이 된다.

상처 주지 않는 사람

예전에 만나던 사람과 서로 입에 담지 못할 욕을 하며 다툰 적이 있다. 사실 나는 비속어를 듣는 것도 하는 것도 그리 좋아하지 않지만, 어린 마음에 이이제이를 시전했던 거다. 그 말을 들을 때마다 상처받는 내 마음을 상대방도 느껴봤으면 했다. 물론 결과는 좋지 않았다. 오히려 싸움이 커지며 서로에게 더 상처 주기 위해 안달 난 사람들처럼 보였다. 다신 비속어를 사용하지 말자 약속해도 평화는 잠시일 뿐, 싸울 때마다 더 큰 상처가 돌아오곤 했다.

그땐 상처받지 않으려면 어떻게 해야 할지 몰랐다. 아무리 말해도 상대는 달라지지 않고 나는 헤어질 생각이 없었으니까. 그러다 한 번 다르게 행동한 적이 있었다. 다투다 흥분해서 온갖 욕설을 내뱉는 그를 가만히 바라보다가 마침내 침묵에 도달했을 때, 그는 초조해 보였다. 내가 이별을 말할까 봐 걱정하고 긴장하는 것 같았다. 나는 그에게 다가가 아무 말 없이 껴안았다. 그리곤 그의 등을 토닥이며 '내가 미안해, 우리 이제 그만 싸우면 안 될까' 그렇게 말했다. 그때 그 사람은 어린애처럼 한참을 엉엉 울었다. 네가 싫어하는 거 다 했는데, 그래도 용서해주는 거냐고. 네가 욕하지 말라고 했는데, 내가 또 했다고. 정말 미안하다고 말하면서.

어리다고 해서 잘못이 용서되는 건 아니지만, 우리는 서로 이해할 수밖에 없을 정도로 어렸다. 다툴 때마다 어떻게든 서로를 이길 생각밖에 없었으나 뒤돌아서면 당연하게 다시 사랑하고 있었으니까. 그땐 먼저 손 한 번 내미는 게 뭐 그리 어려웠을까.

사랑하는 사람과의 다툼에서 상처받고 싶지 않다면 나도

상처 주지 않는 사람이 되어야 한다. 자존심 부리며 헤어지는 것보다 사과를 건네는 일이 훨씬 수월하다.

힘든 연애가 끝났을 때

스스로 쓰레기 콜렉터라고 생각하지 않기. 내게 상처 줬던 사람이 술 먹고 연락하면 차단하기. 특히 새벽에 오는 연락은 개가 짖나보다 생각하기. 잊기 위해 아무나 만나고 다니지 않기. 술처럼 유해한 것들로 스스로를 망가트리지 않기. 다신 연애하지 않겠다고 다짐하지 않기. 왜 나만 이럴까 자책하지 않기. SNS에서 즐거워 보이는 그와 자신을 비교하지 않기. 그 사람은 다 잊었나 궁금해하지 않기. 나만 사랑한 건 아닐까 원망하지 않기. 그래도 울고 싶을 땐 참지 말고 울기.

이별 받아들이기. 헤어져서 다행이라고 생각하기. 앞으로 우는 날보다 웃는 날이 많을 거라 생각하기. 내 인생에 다시 볼 일 없는 사람이라고 생각하기. 그래도 나는 최선을 다했으니 괜찮다고 생각하기. 다음엔 더 나은 사람을 만날 가능성이 높아졌다고 생각하기. 그에게 맞췄던 내 취향 다시 찾기. 친구들 만나서 실컷 놀기. 하고 싶었던 일이나 취미 생활 즐기기. 자기 계발하기. 누군가가 다가오면 가볍게 대화 정도는 해보기. 천천히 조금씩 새롭게 시작할 준비하기.

힘들기만 하던 연애가 끝났을 때 가져야 할 마음가짐.

이별 탄력성

힘든 일을 겪었을 땐 재빠르게 일어나는 것이 중요하다. 주저앉은 상황에 익숙해지면 그것을 자신의 한계라고 단정 짓고 앞으로 나아갈 힘을 잃게 된다.

회복 탄력성이라는 말이 있다. 고난이나 시련을 겪었을 때 원래의 안정적인 심리 상태로 돌아오는 성질이나 능력을 뜻한다. 힘든 일을 겪은 사람일수록 단단해지는 이유가 이 회복 탄력성 덕분이다. 온갖 시련이 닥쳤을 때 얼마의 시간이 걸렸건 결국 이겨냈다면 다음 시련 앞에서는 회복

하는 기간이 줄어든다.

이별도 그렇다. 사랑하는 사람이 곁을 떠났다고 해서 무너지면 안 된다. 하루라도 빨리 본인의 삶을 되찾아야 한다. 나는 마지막으로 사랑했던 사람과 헤어졌을 때 실컷 울고 실컷 일했다. 입맛이 없어도 밥을 먹었고, 혼자 있고 싶어도 친구를 만났다. 아무 일도 일어나지 않은 것처럼 행동했다. 그러면서도 잠이 오지 않는 새벽이면 미친 듯이 울었다. 그리고 다음 날이 되면 또 열심히 일했다. 사랑하는 사람이 사라졌다고 해서 내 삶이 끝난 건 아니었으며, 나는 앞으로 더 멋진 사람이 되고 싶었으니까. 그때 알았다. 괜찮은 척하다 보면 결국 괜찮아진다는 것을. 어느 순간부터 내가 일부러 생각하지 않는 이상은 그 사람이 떠오르지 않았다.

이처럼 이별에도 탄력성이 필요하다. 슬픔에 잠식당하지 않으려면 억지로라도 밥을 먹고 기운 내서 움직이는 게 중요하다. 아무것도 하기 싫은 마음이겠지만, 뭐라도 해야 한다. 일하든 사람을 만나든 이별에서 벗어나야 한다. 진심으로 누군가를 잊고 싶다면 이미 잊은 것처럼 행동해야 한다는 말이다. 사랑은 인생의 전부가 될 수 있지만, 이별이 인생의 전부여서는 안 된다.

기다림만으로 충분한

거리에서 만난 고양이에게 간식을 줄 때는 그들이 내게 다가올 때까지 얌전히 앉아서 기다려야 한다. 자세가 불편하다고 해서 마음대로 자세를 바꿔도 안 된다. 그들은 굉장히 예민하고 겁이 많아서 갑작스러운 움직임에 놀라 쏜살같이 도망가기 일쑤니까. 운이 좋은 날엔 몇 분 만에 다가오기도 하고 어떤 날엔 아예 다가오지 않기도 한다. 서운하거나 아쉽지는 않다. 그저 안타까울 뿐. 내가 어떤 사람인지, 어떤 마음인지, 어떤 것을 주는지 그들은 알 길이 없으니 두려운 게 당연하지 않나.

사람 마음도 비슷하다. 나처럼 관계에 있어 예민하고 조심스러운 사람들이 특히 그렇다. 누군가가 다가오는 것도 스스로 다가가는 것도 두려워한다. 자신에게 특별한 사람이 되고 싶어하는 사람을 만나면 겁부터 난다. 가까워지는 게 문제가 아니라 후에 올 이별이 싫어서다. 이별 앞에서 의연한 척하지만, 이별은 항상 무섭다. 적당히 사랑하는 법을 모르기 때문에 한참을 도망 다니다가도 누군가를 사랑하게 되면 깊이 사랑한다. 그러니 이별의 아픔이 유난스러울 수밖에. 애초에 사랑하지 않으면 되는 거 아닌가 생각하면서도 사랑 없이 살 수 없는 그런 사람들.

그렇게 겁이 많은 내가 마음을 열었던 사람들은 대부분 경계심이 풀어질 때까지 나를 기다려줬다. 사실 경계심이 풀렸다기보다 이런 사람에게라면 상처받아도 괜찮다는 표현이 더 적당하겠다. 언젠가 이별하게 되더라도 함께해보고 싶은 사람이었으니까. 이별의 아픔보다는 시작도 못 한 아쉬움이 더 오래 남을 것 같은 사람, 내가 마음을 언제 열든 개의치 않고 기다려줄 것만 같은 사람. 그런 이들과는 이별한 후에도 결코 만남을 후회하지는 않았다.

누군가의 마음을 얻고 싶다면 가끔은 기다릴 줄도 알아야 한다. 내가 아무리 좋은 것들을 건네도 상대에게 어떻게 비칠지 모를 일이니. 기다려주는 것만으로도 상대에게 믿음을 줄 수 있으며 한결같이 곧은 마음이라면 결국 알아보고 언젠가 다가올 것이다. 어떤 이에게는 기다림이 가장 좋은 표현이 되기도 한다.

이별 모의

익숙함과 소중함이 공존하기란 어려운 일이다. 익숙한 것이 소중하다는 사실을 잊게 될 때면 나는 일부러 그것의 부재를 상상한다. 어떤 것을 잃어본 적이 있는 사람은 마음에도 통증이 있다는 사실을 절실히 안다. 나는 사람을 잃었을 때 그랬다. 한 사람을 잃고 나면 매일 그 사람에 대한 꿈을 꾼다. 그날은 꿈에서도 울고 깨어서도 운다. 꿈과 현실의 경계가 모호해져도 누군가가 떠났다는 사실만큼은 언제나 명확했다. 잃는다는 것은 도통 익숙해질 수가 없는 일이다.

몇 달 전, 이사하면서 이전 세입자가 두고 간 물건으로 인해 그분과 연락할 일이 있었다. 서로 물건에 대한 해결 방안을 찾고 나서 그분은 내게 집에 대한 몇 가지 조언을 해주었는데, 그중 하나는 문이 저절로 닫히지 않는다는 사실이었다. 원래부터 그랬던 건진 모르겠으나 문을 닫고 손으로 누르고 있어야만 잠기므로 확인을 잘해야 한다고. 또 어디가 고장 나 있고 어느 문제가 있으니 혹시 불편하면 집주인과 대화 후 해결하는 게 좋을 거라고 했다. 이사 온 첫날부터 만난 친절함에 기분은 좋았다만, 꼼꼼하지 못한 성격의 내가 문을 잘 닫고 다닐지가 걱정이었다. 다행히 엘리베이터 바로 옆 호수가 집이었으므로 매일 엘리베이터를 기다리면서 문이 잠기는 것을 확인하고 다녔다. 친구가 선물해준 현관 종도 한몫했다. 딸랑 그리고 딸칵. 그 소리가 나면 문이 잠긴 것임을 알 수 있었다.

그날은 평소보다 일찍 출근하고 늦게 퇴근하는 날이었다. 얼른 들어가서 씻고 쉴 생각뿐이었는데, 엘리베이터에서 내리자마자 보인 광경에 나도 모르게 소리를 질렀다. 집 문이 반쯤 열려있는 게 아닌가. 엘리베이터 바로 옆이었으므로 같은 층에 사는 누군가는 지나가면서 집을 다 볼 수 있었을 정도였다. 누군가가 집에 들어왔을 수도 있을 거라는 생각이나 무언가를 가져갔을지도 모른다는 생각보다 나와 함께 사는 반려묘들이 열린 문틈으로 나오진 않았을까 하는 걱정이 앞섰다. 놀란 심장을 최대한 진정시키며 문을 닫고 신발도 벗지 않은 채로 들어가 아이들의 이름을 불렀다. 네네야, 베리야. 그 어떤 대답도 모습도 없었다. 무서웠다. 정신을 차려야 하는데 시야도 마음도 자꾸만 흐려졌다. 그대로 집을 나섰다. 아침부터 쭉 열려있었을 테고 아직 건물에 있다면 겁이 많은 아이들이니 울음소리라도 들려야 정상인데. 계단을 천천히 내려가며 아이들 이름을 불렀다. 5층. 4층. 3층. 2층. 1층. 여전히 내 목소리 외에 아무것도 들리지 않았다.

그리 멀리 나가지 않았을 거라 믿었다. 그렇게 믿고 싶었다. 그래야만 정신을 차릴 수 있었다. 건물 밖으로 나온 나는 주차장부터 근처 골목까지 뛰어다니며 아이들 이름을 불렀다. 주차된 차 밑에 숨어 있진 않을까. 어디 후미지고 어두운 골목에서 벌벌 떨고 있지는 않을까. 어디 다친 데가 있진 않을까. 누군가가 해코지하지는 않았을까. 두려움이 자꾸만 꼬리에 꼬리를 물으며 커지고 있었다. 울면서 아이들 이름을 부르며 뛰느라 숨이 쉬어지질 않았다. 이러다 아이들을 못 찾으면 그땐 어떻게 하지. 그러면, 정말 나 자신을 용서할 수가 없을 텐데. 언젠가 아이들이 내 곁을 떠나리라는 걸 알고 있기에 항상 마음의 준비는 하고 있었지만, 내 실수로 인해 이따위로 이별할 수는 없었다.

마음을 조금이나마 진정시키고 싶어 엄마에게 전화를 걸었으나 받지 않았다. 가장 친한 친구에게도 전화를 걸었으나 받지 않았다. 더는 생각나는 사람이 없었다. 나이를 먹을수록 어린애처럼 엉엉 우는 모습을 보여줄 수 있는 이들이 줄어들기 마련이다. 나처럼 좁디좁은 인간관계를 유지하는 사람은 특히. 하지만 그날만큼은 모르는 사람에게라도 전화를 걸어 울고 싶었다. 힘이 풀려 제대로 움직이지도 않는 다리를 이끌고 다시 집 근처로 걸었다. 왔던 길을 다시 한번 보고 집부터 구석구석 찾아볼 심산이었다. 1층부터 5층까지 계단으로 올라가며 머릿속으로 온갖 생각을 했다. 오늘 아이들을 찾지 못하면 일은 어떻게 하지. 이런 마음으로 일할 수는 있을까. 사정을 얘기하고 일정을 취소할 까. 아무래도 무책임한 사람처럼 보이겠지. 하지만 이미 난 소중한 것을 잃어버린 무책임한 사람이지 않나. 아이들의 사진을 넣은 전단지를 만들어야 할까. 경찰에 신고하면 도움받을 수 있을까. 나 앞으로 어떻게 하지.

굳게 닫힌 집 앞에 서서 문을 원망했다. 아까도 이렇게 닫혀 있었으면 좋았을 텐데. 잘못한 사람은 명백히 나였으나 어디든 탓할 곳이 필요했다. 사람은 절박할 때 치사해진다. 문을 열었을 때 거짓말처럼 아이들이 있었으면 좋겠다고 생각했다. 평소처럼, 늘 그랬던 것처럼. 문을 열자마자 야옹 하며 현관으로 달려 나와 나를 맞이해주기를 바랐다. 억지 희망으로 문을 여는데, 딸랑 그리고 야옹. 늘 집에 들어갈 때마다 나던 소리가 났다. 현관 종소리 다음에 나는 울음소리가. 나는 현관에 주저앉아 아이들을 껴안으며 크게 울었다. 너희 대체 어디 갔었어. 내가 얼마나 찾았는지 아니. 미안해. 미안해. 내가 다 미안해. 아이들은 열린 문 사이로 들리는 낯선 소리가 무서워 침대 옆, 소파 밑 구석구석 숨어 있던 듯했다. 아까는 두려움에 눈이 멀어버린 내가 제대로 확인하지 못했던 거다.

나는 일상의 소중함과 현재의 귀함을 안다. 알면서도 가끔 잊는다. 대부분의 사람은 망각으로 인해 많은 것을 잃는다. 나도 사람이기에 자주 망각하지만, 그럴 때마다 머릿속에서 지나간 이별을 상상하거나 과거의 잃음을 떠올린다. 힘껏 울고 다시 익숙한 소중함을 움켜쥔다. 그리하여 잊지 않기 위해 노력한다. 어떤 아픔은 오히려 소중한 것을 지켜낼 힘을 주기도 한다. 내가 제일 잘하는 것은 사랑하는 것들을 끈질기게 사랑하는 일이다.

당연하게 생각하지 않을 것

나는 소중한 것을 지키기 위해
가끔 그것과 이별하는 상상이나 생각을 해.
너도 책이나 드라마에서 이별하는 장면을 볼 때마다
네가 사랑하는 무언가와 헤어지게 된다면
저런 마음일까 하는 생각이 들지 않니.

세상이 무너진 듯 허망한 마음.

슬픔보다 더 슬픈 마음.

이별의 아픔을 상기하면 사랑을 더 사랑할 수 있게 돼.

끝이 있음을 잊지 않으면 현재가 더 소중해져.

슬픔 없이는 사랑도 없는 거니까.

MBTI가 뭐예요?

SNS를 하다 보면 흔히 보이는 콘텐츠가 있다. 바로 MBTI에 관련된 것들이다. MBTI(Myers Briggs Type Indicator)는 I(내향형)와 E(외향형), S(감각형)와 N(직관형), T(사고형)와 F(감정형), J(판단형)와 P(인식형) 네 가지 기준에 따라 사람의 성격을 16가지의 타입으로 나누는 성격 유형 검사이다. 사람을 고작 16가지의 성격으로 나눈다는 게 이해되지 않는 부분도 있으나 솔직히 재밌긴 하다. 결과에 나온 설명을 보면 실제로 맞는 부분이 있기도 하고.

다만 지나치게 맹신할 때는 문제가 된다고 본다. 요즘은 연애뿐만 아니라 입사할 때도 특정 MBTI를 요구하거나 기피하는 일이 있다고 하는데, 과연 환경에 따라 바뀌기도 하는 성격 유형에 크게 의미를 두어야 할까. 나만 해도 〈ENFP -> ENTP -> INTP〉 순서로 바뀐 케이스이다.

INTP의 특징을 보면 '소수의 사람과 어울린다, 집에 있는 걸 좋아한다, 생각이 많다' 등이 있는데 공교롭게도 나는 ENFP가 나왔을 때도 이랬다. INTP는 사회성과 공감 능력이 부족한 대표주자라는데, 그런 말은 들어본 적도 없다. 또 내가 로봇 같은 사람이라 눈물도 없고 위로를 못 한다니, 이건 서운할 지경이다(툭하면 우는 울보인데). 다른 유형의 특징에서도 나와 비슷한 면들이 있는 걸 보면 확실히 사람은 모든 MBTI 유형을 지니고 있다. 그중에서도 그나마 가까운 것이 결과로 나오기에 신빙성이 더해질 뿐이다.

특히 T/F로 공감 능력의 유무를 판단하는 건 말이 안 된다. 그 말대로면 나는 공감 능력이 있다가 없어진 사람이겠다. 공감 능력은 MBTI와 크게 상관없다. 굳이 말하자면 EQ(감성지수)의 문제이기에 타고나는 것이 아니라 노력으로 충분히 얻을 수 있는 것이다. 누군가가 울 때 똑같이 마음 아파하며 우는 사람만이 공감 능력이 뛰어난 것은 아니다. 본인은 그렇게 행동하지 않을 것임에도 누군가는 슬플 수 있음을 이해하기 위해 노력하며 해결책을 제시하는 사람도 공감 능력이 좋은 사람이다. 예를 들어

1.
"나 슬퍼서 눈물이 안 멈춰."
"울지 마. 너 우니까 나도 속상해."
"너는 왜 울어?"
"네가 우니까."
"고마워."

2.
"나 슬퍼서 눈물이 안 멈춰."
"왜?"
"집에 새로 들인 다육이가 며칠 만에 죽었거든."
"저런. 나도 식물은 관심이 없어서 잘 모르는데, 뭐가 문제였을까?"

"내가 너무 무지했던 것 같아."
"그럼 수월하게 키울 수 있는 걸로 같이 한 번 알아볼까?"
"그래, 고마워."

1번과 2번 중 어느 쪽의 공감 능력이 더 높을까? 답은 알 수 없다. 방식이 다를 뿐, 둘 다 공감 능력이 좋은 사람이기 때문이다. MBTI식으로 설명하면 T/F의 공감 방법이 다르다고 할 수 있겠다. 그래서 나는 스스로 공감 능력이 좋지 않다고 말하는 이들을 그다지 선호하지 않는다. 애초에 노력할 생각이 없다고 말하는 것처럼 들려서다. 공감 능력이 별건가. 상대방의 입장에서 한 번만 더 생각해보면서 상황에 이입되지 않더라도 상대는 그럴 수 있음을 인지하면 되는 일이다. 다른 부분을 어떻게 받아들이느냐에 따른 차이다. 고로 '내가 슬프다는데 왜 같이 울어주지 않아? 넌 공감 능력이 없구나'라고 말하는 사람은 오히려 공감 능력이 떨어지는 사람인 거다. 자신과 다른 부분을 이해하려 들지 않고 틀렸다고 인지하기 때문에.

정말 괜찮은 사람을 만나고 싶다면 MBTI는 내려놓고 사

람 자체를 봐야 한다. 굳이 MBTI를 활용하고 싶다면

"나는 T라서 공감을 못 해."

라고 말하는 사람은 거르자. 그건 확실히 말할 수 있겠다.

서로 다른 사람이기에

살면서 누구에게 가장 많은 화를 낼까. 대부분은 가족, 사랑하는 사람, 친한 친구가 떠오를 것이다. 우리는 왜 가장 가까운 사람에게 많은 화를 내게 될까. 한 프로그램에서 들은 내용으로는 우리의 뇌에는 나를 인지하는 영역이 있고 타인을 인지하는 영역이 있는데, 가까운 사람일수록 그 사람을 나와 비슷하게 인지한다고 한다. 나와 다른 존재가 아니라 한 몸이라고 생각해서 내 마음대로 통제되지 않거나 나를 이해하지 못할 때 서운하고 속상해서 화를 내게 된다는 것이다.

나는 그 말을 듣자마자 과거의 내 모습이 생각났다. '왜 너는 내 마음을 이해하지 못해? 왜 너는 내가 원하는 대로 행동하지 않아?'라면서 사랑이라는 이유로 마음껏 상처 주던 날들이. 다른 사람이었으면 서운하지 않았을 부분인데, 너라서 서운한 거라며 자주 서러움을 토해내곤 했었다. 반대로 다른 사람이었으면 이렇게 화도 내지 않았을 텐데. 그땐 왜 잊고 있었을까. 가까운 사람일수록 소중히 여겨야 한다는 당연한 사실을. 예민한 나 때문에 많이도 힘들었겠다 싶어 미안한 얼굴이 두엇쯤 떠올랐다.

말하지 않아도 마음을 알아주길 바라는 건 내 욕심이고, 상대가 이해하지 못한 부분에 대해 무작정 화를 내는 것도 내 잘못이다. 진심으로 누군가를 사랑한다면 나와 다른 부분이 있음을 충분히 이해하고 서운한 부분에 대해 침착하게 설명해줘야 한다. 내게는 너무나 큰 부분이 상대방에겐 별거 아닐 수 있기에 몇 번을 말해도 실수할 수 있다.

사랑하는 사람에게 서운한 일이 생겼을 때 화내기 전에 한 번만 더 생각하자. 일부러 내 기분을 상하게 하려고 행동한 게 아니라는 것을. 내가 나만큼이나 사랑하는 사람이기에 느껴지는 서운함이라는 것을. 사랑하는 만큼 기다려주기도 해야 한다는 것을.

화해의 방식이 다를 때

날씨가 풀렸다는 핑계로 오랜만에 친구들을 만났다. 각자 퇴근 후 신사역에서 모였다. 친구 한 명이 소개해준 맛집을 들렀다가 카페에 갔다. 바깥쪽 테라스에 앉아 이런저런 대화를 나눴다. 가장 흥미로운 화두는 친구의 새로운 연애였다. 어디서 만났는지부터 시작해서 어떻게 만났는지 어떤 사람인지 이것저것 듣는 도중에 우리 앞에서 어떤 커플이 싸우기 시작한 거다. 그때 한 친구가 속삭이듯 말했다.

"야, 앞에 봐봐. 커플 싸운다."

"나 아까부터 봤어."

"너무 자세히 보지는 말고."

"바로 앞에서 싸우시는데 어떻게 안 봐?"

"아, 여자분 우시는 것 같은데."

"이제 그만 보자."

"어, 남자 간다. 여자분은 여기로 오시는데?"

"응?"

상황은 이랬다. 그들은 우리뿐만 아니라 지나가는 모든 사람이 들을 수 있을 정도로 언성을 높이며 싸우던 중 남자가 먼저 자리를 떴고 여자는 우리가 있던 카페 안으로 들어갔다. 마음을 가라앉히기 위해서인지, 남자를 기다리기 위해서인지는 모르겠으나 어쩐지 안쓰러웠다. 남자는 싸우다가 자리를 피한 걸까, 헤어지자 말하고 떠난 걸까. 어떤 이유든 간에 꼭 그런 식으로 가야만 했나. 각자의 사정이 있겠으나 나는 여자의 눈물에 약한 사람이기에 괜히 편들어 주고 싶었다. 나 역시 연인과 다툴 때면 자리를 뜨는 성향이 아니라 그 자리에서 문제를 해결하려는 편이기도 하고.

다툼을 피하는 사람들을 흔히 '회피형'이라고 부른다. *애착 유형과도 연관은 있으나 그것과 별개로 연인 사이에서만 '회피형'이 되는 타입도 있다. 만약 본인이 그 자리에서 풀고 싶은 타입이라면 회피형이 답답하고 이해되지 않을 것이다. 그들은 대체 왜 그럴까? 헤어질 게 아니라면 빠르게 풀고 화해하면 되는 것을. 심하면 대화는 고사하고 연락도 두절된다. 하지만 회피형이 왜 그렇게 행동하는지 생각해본 적 있는가?

연인 사이 다툼은 대체로 둘의 문제다. 한 사람이 일방적으로 큰 잘못을 저지르지 않은 이상은 싸울수록 다툴 거리가 늘어나기 마련이다. 회피형은 그게 싫은 거다. 빠르게 화해하고 싶은 마음보다 당장 싸움이 커지길 바라지 않거나 본인 또는 상대방이 조금은 더 진정한 후에 대화하고 싶은 마음인 거다. 그런데 계속 싸움을 이어가자니 회피형 역시 답답할 노릇이지 않을까. 그들 역시 사랑을 지키기 위한 나름의 노력일 텐데. 생각해보면 회피라는 단어 자체도 부정적이다. 내가 볼 때 그들은 신중형에 가깝다.

---

*애착 유형 : 유아기에 확립되는 정서적 유대감. 혼란형/회피형/불안형/안정형 4개의 유형으로 나뉜다.

이처럼 화해의 방식이 다른 연인은 싸우면 싸울수록 서로가 답답하고 미운 모습만 보게 될 것이다. 그럼 어떻게 해야 할까. 답은 간단하다. 먼저 풀고 싶은 사람이 다가가서 진심으로 사과하면 된다. 애초에 바로 풀길 바라는 유형은 상대방에게 진심으로 미안해서라거나 잘못을 인정해서라기보다 어떻게든 빨리 상황을 정리하는 게 목적인 경우가 많다. 싸움이 길어질수록 본인의 기분 역시 좋지 않을 테니 얼른 털어버리고 싶은 거다. 그렇게 기분이 좋지 않음을 잔뜩 티 낸 상태로 신중형에게 화해하자는 제스처를 취한다면, 상대의 입장에선 진심이 느껴지지 않기에 화해하고 싶은 마음이 생기지 않을 수밖에.

만약 당신이 몇 번이나 진심으로 미안해하며 마음을 전했는데도 신중형에게 아무런 대답이 없다면 그때는 이별을 생각하길 권한다. 최소한의 노력도 하지 않는 사람과 어떻게 연애를 하나. 차라리 벽 보고 대화하는 게 마음에 이로울 것이다.

누군가를 잊고 싶다면

평생 잊지 못할 사람은 없다. 누군가를 얼마나 열정적으로 사랑했든 언젠가는 그를 마음 깊은 곳에 묻고 잘만 산다. 흐르는 세월, 새로운 사랑, 달라진 환경이나 변화한 자신 등 다양한 이유로 잊힌다. 하지만 평생 잊지 못할 '것 같은' 사람은 있다. 그건 아직 이별 중인 사람이다.

연인이 정말 헤어지는 순간은 '헤어지자'는 말을 뱉었을 때도, 마지막으로 얼굴을 본 날도 아니다. 둘 다 이별을 인정했을 때다. 시작은 두 사람이 하는 거지만, 끝은 한 사람만 할 수도 있는 게 사랑이다. 그런 의미로 누군가를 잊지 못한다는 건 아직 완전히 헤어지지 않았다고 믿는 것이다. 언젠가 다시 만날 수 있지 않을까 하는 희망. 기다리면 다시 올 것만 같은 기분. 그 사람은 나를 진심으로 사랑했으니까. 우린 특별했으니까. 그런 마음들이 작은 불씨를 계속 남겨두는 거다. 혹시나 하는 마음에.

바람대로 재회하게 된다면 좋겠지만, 그렇지 않을 때는 어떤가. 나를 보지 않는 사람을 바라보는 일, 내게 오지 않을 사람을 기다리는 일은 한여름에 눈이 내리기를 바라는 것과 비슷하다. 그렇게 되지 않으리란 걸 알면서도 바라게 되는 안타까운 일이다.

진심으로 사랑했던 사람과 이별했을 때 나도 며칠을 질척거렸다. 언젠가 잊힐 걸 알았지만, 그게 지금 당장은 아니란 걸 알고 있었으니까. 사랑이 끝났다고 말하는 그 사람한테 무작정 떼를 썼다. 난 아직 마음이 남아있으니 그때까지만 도와달라고. 내가 너무 힘들어할 땐 얼굴도 비치고 연락도 받아달라고. 재회하자는 게 아니라 이별에 협조해달라고 했다. 헤어지자는 그 사람의 의사를 존중해주고 싶었지만, 일단은 나도 살아야지 않겠나. 우리가 만난 정이 있으니 해줄 줄 알았는데, 끝까지 안 해주더라. 그 당시엔 원망스러웠지만, 생각해보면 그 사람도 이별이 힘들어 그랬겠지 싶다. 다른 의미로 이별에 도움이 되기도 했고.

세상 어딘가에 '사랑하기 대회'가 있다면 최소 동메달은 받아야 할 정도로(수상 못하면 시위할 거다) 누군가를 지독하게 사랑해본 사람이라고 자부하지만, 잊지 못한 사람은 한 명도 없다. 그 사람을 사랑했고 이별했다. 내게는 그게 전부다. 끝난 사랑을 끌어안고 살면서 새로운 사랑을 놓치고 싶지도 않고, 평생 그 사람을 잊지 못할 거라 믿으며 과거에 살고 싶지 않아서다. 물론 누군가를 오래 품고 사는 사람이 잘못됐다고 말하고 싶은 건 아니다. 그렇게 살고 싶으면 그렇게 살면 된다. 하지만 진심으로 누군가를 잊고 싶다면 '잊지 못할 거라는 믿음'을 내려놓길 바란다. 아직 이별하는 중일 뿐, 평생 잊지 못할 사람은 없다.

모든 경험은 배움을 남긴다

사랑도 공부해야 한다. 혹자는 사랑을 마음만으로 하라던데, 그러다 마음 다 해진다. 해봐서 안다. 사랑을 잘하고 싶은 나는 수년째 사랑을 쓰고 말한다. 보고 배우고 읽는다. 진심으로 잘하고 싶어서다. 그러다 알게 된 사실이 있다. 사랑을 잘하려면 나를 잘 알고 있어야 한다는 것이다. 만약 당신의 모든 연애가 최악이었다면 그땐 자신을 돌아봐야 할 필요가 있다.

생각해보자. 당신은 사랑을 위해 어떤 것까지 했는가. 사랑하는 사람에게 모든 것을 맞춰주었거나 마음이나 물질을 쏟아부었다거나 헌신했다거나…. 말하자면 끝도 없겠지만, 여기서 또 생각해보자. 과연 그 모든 행동이 '사랑'을 위해서였는지 '상대'를 위해서였는지. 많은 사람이 착각하고 있는 게 이런 거다. 사랑을 위해 노력했다고 생각한 모든 것이 상대를 위한 행동이었다는 것.

진심으로 사랑을 잘하고 싶다면 무조건적으로 사랑할 게 아니라 끊임없이 학습해야 한다. 이전 연애의 문제는 뭐였는지, 현재 연애에서는 뭐가 문제인지도 파악해야 하고 이 관계에서 '나'는 얼마나 큰 비중을 차지하고 있는지도 알아야 한다. 연인 관계에서 상대방에게만 초점이 맞춰져 있지는 않은지, 문제가 생겼을 때 어떻게 대응하는지, 주로 누가 사과하는 입장인지. 제삼자가 되어 상황을 볼 수 있는 눈을 길러야 한다는 말이다.

세상에 상처받지 않고 원만히 연애하는 비법 같은 건 없다. 천사 같았던 사람이 갑자기 눈 뒤집혀서 악마가 될지 누가 알겠는가. 하지만 앞으로 더 나은 연애를 할 수 있는 방법은 있다. 본인의 연애 방식을 파악하고 부족한 점을 보완하는 것이다. 쉽게 말해 자존감이 낮아 자꾸만 끌려가는 연애를 하게 된다면 자존감을 키우기 위해 애쓰면 되고, 다툼이 생겼을 때 욱하는 감정을 조절하지 못하겠다면 감정을 다스릴 수 있도록 노력하면 된다. 관련 책을 읽든 강연을 듣든 영상을 보든 상관없다. 내가 앞으로 어떻게 행동하느냐에 따라 최악이었던 경험이 좋은 연애 교과서가 되기도 한다. 모든 일은 배움을 남긴다. 사랑도 마찬가지다.

서로 다른 사랑의 모양

"원래 사랑은 어려워. 나도 예전에 헤어진 그 사람과 서로를 사랑하고 있다는 믿음 하나만큼은 있었는데도 자주 힘들었거든. 서로 사랑하는 방식이 아주 달라서였는데, 나는 그걸 헤어지고 나서야 알았어. 그 사람도 나름 힘든 부분이 있었겠지. 하고 싶은 것도 욕심도 많은 사람인 내가 그거를 전부 사랑에 쏟았으니 받아주는 입장에선 얼마나 힘들었겠어. 우리가 사랑을 좀 써? 엄청 쓰지. 너무 사랑하니까 별거 아닌 거에 울컥하고 서운하고 마음 알아 달라 떼쓰고. 오죽하면 그 사람이 내가 자기 없으면 못 살까 봐 무섭다고 그러더라. 지금 이렇게 마음 건강히 잘만 사는데 말이야. 사랑 앞에 속수무책이니 여리고 약한 사람처럼 보였나 봐. 그게 우리의 사랑인 건데. 사랑 방식이 다르면 그걸 이해 못 할 수 있어. 나보다 덜 사랑하는 게 아니어도 그럴 수 있어. 우린 사랑하면 못 하는 게 없는 사람들이잖아. 나 새우잡이 배도 탈 수 있어.

최대한 바쁘게 일하면서 친구도 많이 만나고 그래. 그러면서 상대방이 아닌 내가 중심인 일상으로 돌아가 보자. 남자친구가 못 만난다고 할 때 서운해하지 말고 나한테 와. 내가 손톱만큼도 외롭지 않게 해줄게. 나는 있잖아, 당시에 그 사람이 무척 바빴고 상대적으로 난 한가한 편이었거든. 그 사람은 푹 쉴 수 있는 날이 고작 일주일에 한 번이었는데, 나는 그걸 온전히 나에게 써주길 바랐어. 내 욕심이었던 거지. 혼자 시간을 보내고 싶을 때도 있었을 텐데. 그 사람이 숨 막힌다고 할 때마다 '내가 이토록 사랑해주는데, 어떻게 나에게 그런 말을 할 수 있지?'하고 이기적인 생각을 했어. 지나고 보니 진심으로 미안하더라. 내가 너무 좁은 세상에 살았다고 해야 하나. 그땐 사랑만 보고 사느라 마음이 커질수록 그 사람이 힘들 수도 있다는 걸 몰랐어.

그러니까, 한 번 생각해 봐. 그렇게 해보고도 안 되겠으면 그때 이별해도 늦지 않아. 하루에도 수십 번 헤어질까 말까 고민하는 마음 잘 알지. 나도 하루에 스무 번 헤어지고 싶은 거 스물한 번 참으면서 버텼으니까. 우리 사랑은 단순하게 해도 이별은 복잡하게 하자. 너 아직도 많이 사랑하잖아."

사랑하는 사람과의 이별을 고민 중이던 친구에게 해줬던 말들.

함께 비를 맞는 것이 사랑인 사람도 있고 자신이 비를 맞더라도 상대는 젖지 않기를 바라는 것이 사랑인 사람도 있다. 그러니 마음의 모양이 다르다고 해서 사랑이 아니라 생각지 않기를. 상대가 나를 사랑하지 않는다고 느껴 이별을 고민할 때 사랑의 방식이 다를 수 있음을 한 번 더 생각해 보기를. 그리하여 후회 없이 사랑할 수 있기를.

다시 사랑할 수 있을까 걱정하지 않아도 된다.

사랑은 이미 당신에게 오고 있다.

Part 04.

미련과 그리움

미련은 끊어내지 못하는 거고
그리움은 품고 사는 거예요.

흘러갈 것을 아는 사람

아침에 일어나기 힘들 때가 있다. 사는 일에 지쳤거나 힘든 일이 겹칠 때 유독 그렇다. 사랑하는 사람과 다퉜거나 헤어졌을 때도 마찬가지다. 현실을 인정하고 싶지 않거나 오늘 하루가 기대되지 않아서다. 일이나 공부가 손에 잡히지 않고 종일 무기력하며 우울하기도 하다. 이럴 때 어떻게 해야 할까?

한 정신과 의사의 말로는 힘든 시기를 보낼 때 '나는 힘든 사람이 아니라 힘든 시기를 보내는 사람'으로 생각해야 한다고 했다. 자신을 긍정적인 방향으로 규정지어야 한다는 말이다. 누구에게나 시련은 찾아온다. 그때마다 '나는 이것밖에 안 되는 사람이야'하고 넘어져 있을 게 아니라 그런 시기를 겪는 중이라고 생각하자. 그렇게 생각을 고치는 것만으로도 끝이 있음을 상기하며 나아갈 수 있게 된다.

헤어졌을 때도 사랑에 상처받고 이별에 아파하는 사람이 아니라 아직 이별하는 중이기에 아픈 건 당연하고, 언젠간 흘러갈 것을 아는 사람이라며 자신을 다독이길 권한다. 나의 하루를 더 나은 모습으로 만들 수 있는 사람은 다른 누구도 아닌 나 자신이다.

재회하고 싶다면

모든 헤어짐에는 이유가 있다고 생각해 재회를 권하진 않는다. 하지만 진심으로 누군가와 재회하고 싶어 하는 사람들에게 해주는 조언이 있다. 재회는 연애의 이어감보다 새로운 시작이 낫다는 말이다. 헤어진 지 얼마 안 됐을 때의 재회는 이전과 다를 것 없이 만남을 이어가다 머지않아 비슷한 이유로 헤어지기 마련이니까.

정말 누군가를 붙잡고 싶다면 마음 단단히 먹고 움직여야 한다. 그 사람에게 가라는 말이 아니다. 운동이든 공부든 자기 계발을 하며 스스로를 더 멋진 사람으로 가꿔야 한다. 다시 만나고 싶을 만큼 괜찮은 사람이 되어 붙잡는 게 좋다. 약간의 시간이 필요하겠지만 이전의 연애가 생각나지 않을 정도로, 같은 이유로 헤어질까 봐 걱정되지 않을 정도로 개선된 모습을 보인다면 재회 가능성이 높다. 하지만 그런 과정에서 좋은 사람이 나타난다면 그 사람을 만나는 것도 추천한다. 사랑은 언제 어디서든 피어나기 때문에.

과거에 머물러있는 사람에게

사람은 매일 조금씩 변한다.

어제의 나와 오늘의 나는 다른 사람이다.

그렇게 앞으로 걸어갈수록

나는 더 괜찮은 사람이 될 테고

힘껏 반짝이며 살 텐데

굳이 바래진 것들을

그리워하며 살 필요가 있을까.

어떤 추억은 시간이 흐르면서 때가 묻어
더욱 애틋하게 느껴지기도 한다.
그것을 애써 닦아내려고 노력하거나
자꾸만 꺼내어 보면 오히려 해지기 마련이다.

과거는 오래되었기에
더욱 아름답게 느껴지는 흑백 사진으로
남겨두는 것이 좋다.

가만히 흐르다 보면
더 나은 내일을 만날 테니.

조금 더 솔직했다면 어땠을까

표현을 못 하는 것과 안 하는 것은 다르다. 표현하지 못하는 건 해본 적 없거나 방법을 모르는 거라면 표현하지 않는 건 하고 싶어도 스스로 참는 거다. 저마다 다양한 이유로 그러면 안 된다고 생각하기 때문에.

2022년에 종영한 *<환승연애> 시즌2에서 한 출연자가 전 연인과 재회할 생각이 없다는 이유로 상대를 계속 밀어내다 마지막 인터뷰에 결국 울음을 터트리며 이렇게 말했다.

---

*환승연애 : 이별한 연인들이 한 집에 모여 지나간 연애를 되짚고 새로운 인연을 마주하며 자신만의 사랑을 찾아가는 연애 리얼리티 프로그램

"되게 옛날 생각이 많이 나더라구요. 너무 그 순간에, 한 번에 너무 그립고 너무 표현하고 싶고 그런 마음이 한 번에 터져버렸어요. 제가 스스로 되게 오만했던 것 같아요. 내 감정을 컨트롤할 수 있는 성숙한 사람이라고 생각해 왔는데, 내가 진짜 오만했구나 하는 생각이 들어요. 많이 후회돼요. 만약 다음에 누군가를 만나게 되면 더 많이 표현하고 더 많이 얘기해주고 싶어요. 어떤 감정이고 기분인지 있는 그대로 말해주고 사랑해주고 싶어요."

그 말에 나는 나를 돌아보게 됐다. 지금보다 어릴 적의 나는 상대의 마음이 어떻든 일단 내 마음부터 꺼내 보이던 사람이었는데, 어느 순간부터 표현에 인색해졌다. 좋아한다는 말, 보고 싶다는 말. 아껴봤자 좋은 게 없는 말들. 더 좋아하는 사람이 약자가 된다는 말을 들었을 때부터일까 아니면 그런 기분을 느꼈을 때부터였나. 상대가 내게 하는 만큼만 건네려고 노력했던 거다. 그 사람이 하나를 주면 나도 하나를 주고 열을 주면 나도 열을 주어야지 하면서. 좋아하는 마음이 커지면서 더 많이 표현하고 싶어도 참았다. 그러다 이별하고 나면 미처 건네지 못한 마음을 끌어안고 혼자 한참을 울었다. 오만했다. 감히 이별도 참을 수 있을 줄 알았으니까. 자신이 성숙하지 못했다고 인정하는 모습에서 나는 그가 어른스럽다고 느꼈다. 솔직하지 못했던 순간들이 아픔으로 남는다는 걸 배웠으니.

사랑을 자꾸 벽에다가 걸어두지만 말고
만지고, 입고 그리고 얼굴에 문대라.

사랑은 기다려주지 않으며,
내릴 곳을 몰라 종점까지 가게 된다 할지라도
아무 보상이 없으며 오히려 핑계를 준비하는
당신에게 책임을 물을 것이다.

사랑해라.
정각에 도착한 그 사랑에 늦으면 안 된다.
사랑은 그런 의미에서 기차다.

함께 타지 않으면 같은 풍경을 나란히 볼 수 없는 것.
나란히 표를 끊지 않으면 따로 앉을 수밖에 없는 것.

서로 마음을 확인하지 않았다면 같은 역에 내릴 수도 없는 것.

그 후로 영원히 어긋나고 마는 것.

〈끌림 / 이병률〉

할 수 있을 때 마음껏 해야 한다. 사랑은 결코 나를 기다려주지 않는다.

The Birth of Love

누군가를 열렬히 좋아하는 사람의 마음을 내게로 돌려보고 싶었던 적이 있다. 그의 마음이 무척 빛나고 예뻐서 탐났던 것 같다. 그 눈빛으로 나를 봐준다면 어떨까. 저렇게까지 사랑받는 기분은 어떤 걸까. 그렇다고 해서 어떤 행동을 하진 않고 그저 생각만 했다. 그 눈빛은 내 몫의 사랑이 아니기 때문에.

사랑은 옮겨가는 게 아니라 새로 태어나는 것이다. 만약 그 사람이 나를 사랑하게 되더라도 누군가를 사랑할 때 모습 그대로가 아니라 다른 모습으로 사랑하게 되리란 말이다. 세상에 같은 모습의 사랑은 결코 존재하지 않으므로. 그건 과거의 사랑이 아프거나 힘들었다고 해서 다음의 사랑을 두려워할 필요가 없다는 말이기도 하다.

그러니 새로운 사랑이 태어났을 때
불안해하지 말고 실컷 사랑하고 가득 사랑받으셔라.

행복은 내 안에

행복해지고 싶다면 무탈한 하루의 소중함을 잊지 않는 것이 중요하다. 어제와 다르지 않아도, 이뤄낸 것이 없는 하루일지라도 잔잔하게 흘러간 하루를 만끽할 줄 알아야 한다. 자려고 침대에 누웠을 때 하루 중 가장 좋았던 순간을 곱씹으며 미소 지을 수도 있어야 하고, 매일 같은 일상을 지루하다 여기지 않고 매번 다르게 봐야 한다. 그 속에서 계절의 변화를 발견할 때마다 설레기도 하며 행복은 은은하다는 것을 상기하며 살자.

청춘은 나이가 아니라 마음가짐이다. 얼마나 살았느냐가 아닌 어떻게 사느냐가 중요하다. 행복도 마찬가지다. 얼마나 가졌느냐가 아니라 어떤 것을 가졌느냐가 중요하다. 똑같은 하루를 살더라도 스스로 어떻게 생각하느냐에 따라 그날의 기분이 달라진다. 진심으로 행복해지고 싶다면 마음가짐을 달리해야 한다. 행복은 내 안에 있다.

가볍게 사는 연습

최대한 가볍게 사는 연습을 하자. 내가 어떤 일을 앞두고 그것을 어렵다고 생각한다면 그건 정말 어려운 일이 된다. 일과 연애를 포함한 모든 게 그렇다. 시작하기도 전에 무겁고 어려운 일이라고 치부하지 않는 것이 중요하다. 머리가 무거우면 몸도 무거워진다.

어려운 일이라고 생각해 고민하다 시작도 안 한다면 후회할 것이고, 힘든 고민 끝에 실행했다가 결과가 좋지 않다면 후회할 것이고, 결과가 좋다면 늦게 시작한 걸 후회할 것이다. 하지만 오랜 고민 없이 시작했다가 결과가 좋지 않다면 아쉬워도 그러려니 할 것이고, 결과가 좋다면 하길 잘했다며 기뻐할 것이다. 시작하든 안 하든 후회가 남는 게 인생이고 끝은 가봐야 안다. 오지도 않은 미래를 걱정할 시간에 움직이는 게 낫다. 하고 싶으면 하고 만나고 싶으면 만나라. 아니다 싶을 땐 다시 돌아오면 된다.

여행하는 마음으로

글과는 다른 분위기라는 말을 자주 듣는다. 타인에게 내 글은 어떤 분위기일까. 궁금하지만 타인이 아닌 나는 평생 알 방법이 없겠다. 들은 말로는 조금 차분하고 가라앉은 느낌이라고 했다. 반대로 작가님에게선 밝은 면이 보인다고. 상상했던 이미지와 다르다고. 당연히 그럴 수 있다고 생각했다. 하지만 고작 책 한 권으로 나를 '어떤' 사람으로 규정짓는 일은 언제나 아쉽고 쓸쓸하다.

사람은 누군가를 만나고 알아가는 과정에서 계속 새로운

면들을 발견하게 된다. 내가 놓친 부분인지, 상대방이 뒤늦게 보여준 부분인지는 알 수 없으나 그런 모습은 끝없이 나타날 것이다. 한 사람은 한 우주와 다르지 않다. 넓고 광활하다. 본인도 모르는 모습이 있을 만큼 다양한 색으로 구성되어 있다. 그러므로 누군가를 사랑한다는 건 미지의 세계를 모험하는 것이라고 할 수 있겠다. 어떤 풍경이 펼쳐질 거라고 감히 예상해서도 확신해서도 안 된다.

나는 누군가를 사랑할 때와 그렇지 않을 때의 태도가 확연히 다르다. 좋아하는 사람들 외에는 적정 거리를 유지하고 타인과 있는 것보다 혼자 있는 것을 선호한다. 집에서 독립한 지는 십수 년 차로 의존적인 성향보다는 독립적인 성향이 강하다. 사소한 연락 주고받는 일을 귀찮아하고 용건만 간단히 전하는 게 좋다. 혼자 있는 시간이나 일하는 시간을 방해받기 싫어서 수년째 휴대전화를 '방해 금지 모드'를 해둘 정도로 혼자가 편한 사람이다. 외로움보다는 편안함이 우선이다.

하지만 누군가를 사랑하게 되면 거리감을 상실한다. 어떻게든 시간 내서 그 사람을 만나고 싶어 하고 그리 아프거나 힘들지 않아도 가끔은 투정부린다. 기댈 수 있는 서로가 있다는 사실이 좋아서다. 항상 비슷한 하루겠지만 밥은 먹었는지, 잠은 잘 잤는지 궁금해하고 자잘한 일상을 공유하는 일이 즐겁다. 쉬어야 하는 시간이나 자기 전에 통화하며 목소리 듣는 게 행복하고 애교도 많아진다. 혼자일 때보다 둘일 때 더 든든한 편안함을 느끼기도 하고.

사랑 앞에선 언제나 부지런했다. 변한다기보다 본래의 모습으로 돌아갔다는 말이 맞겠다. 사람들과 거리를 두고 살았던 건 감정을 드러내지 않고 사는 게 편해서였다. 가까워졌다가 멀어지면서 생기는 감정들이 나를 자주 슬프게 했기 때문에. 의지하고 기댔다가 실망하는 일이 빈번했기 때문에. 둘이어도 혼자인 기분이 자주 들었기 때문에. 사람을 사랑했기 때문에.

단면만 보고서는 그 사람이 어떤 사람인지를 확신할 수 없다. 나는 누군가를 알아갈 때 그 사람을 최대한 편견 없이 보려고 노력한다. 시작도 해보기 전에 맞지 않을 거라고 단정 지었다가 좋은 사람을 놓치는 일은 없어야 하니까.

그러니 누군가를 알게 되었을 때 내가 바라는 사람이 아닐까 봐 걱정된다면 천천히 오랜 시간을 두고 알아갈 것. 본연의 제 모습을 드러내는 데까지 적지 않은 시간이 필요한 사람도 있다.

다음에는 더 행복하기를

날씨가 좋으면 드는 생각은 하나다. '출근하기 싫다.' 이런 날엔 노트북 들고 해가 잘 들어오는 카페에서 주야장천 글을 읽거나 쓰고 싶다. 아니면 사람들을 구경하는 것도 좋다.

작업의 대부분을 카페에서 해결하는 터라 생긴 취미 아닌 취미 하나가 있는데, 바로 다른 테이블의 사연을 유추하며 속으로 함께 대화하는 일이다. 딱히 훔쳐 듣는 걸 좋아하는 성격은 아니지만, 유독 목소리를 크게 내는 사람들의

이야기에 귀가 기울여지는 것은 어쩔 수 없다. 기어이 이어폰을 뚫고 들어오는 목소리 탓에 작업이 되지 않는 걸 어쩐담. 일부러 조용한 카페를 찾아다닌다고 해도 매일 조용한 사람만 오리라는 법은 없으니까.

"그래서? 이번엔 진짜 헤어진 거야?"
"아니, 모르겠어."
"너 이번에도 다시 만날 거지?"
"그건 아닌데…"
"야, 한 달 뒤에 다시 얘기해."

개중에선 이처럼 더 듣지 않아도 되는 대화들이 있다. 갓 이별한 듯한 저 여성은 조만간 남자친구와 재회할 테고 앞에 앉은 친구는 너 그럴 줄 알았다며 한숨 쉬겠지. 아, 이 장면 어디서 봤는데. 이거 난가. 사람 사는 거 참 거기서 거기다. 안쓰러운 반가움을 자주 느낀다. 다양한 모습의 사람들에게서 과거의 나를 만나는 일이 빈번하다. 그런 이들을 보면 안아주고 싶은 마음이 앞선다. 나였다면 하고 싶은 대로 하라고 했을 텐데. 사랑하는 마음이 남은 이상 그걸 다

소진해야만 헤어질 수 있는 사람들이 있다. 저 여성과 예전의 내가 그랬다. 억지로 끊어내는 것보다 아픔을 끌어안고 있는 게 더 낫다고 생각해서다. 감정 앞에 현명할 수 있는 사람이 얼마나 있을까.

사랑에 빠진 사람은 대체로 약하다. 사랑 앞에선 우둔해지고 목소리를 크게 내지 못한다. 마음대로 할 수 있는 것이 하나도 없다. 헐크처럼 우락부락한 성격을 지닌 사람조차 얌전한 고양이로 만든다. 그날, 마치 죄인처럼 고개 숙인 여성을 보며 마음속으로 나는 '그래, 할 수 있는 거 다 해 봐. 대신 다음엔 더 괜찮은 사람 만나서 행복한 사랑 했으면 좋겠다.' 그렇게 말했다.

실패와 실패 속에서

"작가님은 매번 현명하게 연애했나요?"

"아니요?"

"?"

이전에 만났던 사람들이 글을 보면 당황하거나 화가 날 수도 있겠다 싶을 만큼 아니다. 안타깝지만, 어쩌겠는가. 나도 사람인지라 감정에 사로잡혀 잘못된 선택과 실수를 하는걸. 다만 실패와 실패 속에서 매일 나아갔기 때문에 지금의 내가 될 수 있었다고 믿는다. 최선의 답을 안다고 해서 그대로 행동할 수는 없을지언정 알고 한 것과 모르고 한 것의 차이는 크다. 그릇된 행동임을 체감하고 나면 다시는 그러지 않기 위해 노력하고 반성한다. 오히려 더 나은 사람이 되는 계기이기도 하다. 하지만 후자는 뭐가 문제인지 몰라 실수를 반복한다.

단순히 아는 것과 체득한 것은 다르다. 이미 많은 실패를 겪은 사람이라면 문제를 깨닫는 순간 더 나은 선택을 하게 될 가능성이 높다. 그러니 지나간 아픔에 연연하기보다는 되짚어보며 다음의 연애에서는 조금 더 현명할 수 있기를. 실패의 크기만큼 무던히 성장하기를.

나를 지키는 법

'메타인지'라는 심리 용어가 있다. 내가 어떤 것에 대해 아는지 모르는지 알고 있는 것, 나에 대해 객관적으로 아는 것을 말한다. 쉽게 설명하면 자기 성찰 능력이다. 어떤 프로그램에서 그런 실험을 했다. 패널들에게 스무 개의 단어를 연속으로 보여주며 자신이 몇 개를 기억하고 있는지 적어보라고. 그들은 자신이 답을 알고 있다고 생각한 만큼의 숫자를 적었고 후에 단어를 기억나는 대로 적었다. 예상보다 많이 적은 사람도 적게 적은 사람도 있었다. 여기서 중요한 건 얼마나 많이 적었느냐가 아니라 본인이 예상한 답의 개수와 실제 답의 개수가 비슷할수록 메타인지가 높다는 거였다.

과거의 나는 메타인지가 부족한 사람이었다. 주변에 그런 친구 있지 않나. 타인의 연애 상담은 잘만 들어주면서 본인의 연애에는 대입하지 못하는 사람. 이론만 완벽하고 실전은 엉망이라며 웃어넘기는 유형들. 나는 다른 사람의 연애에서는 어떤 점이 문제인지 금방 파악하면서 본인의 문제는 제대로 직면하거나 인정하지 않는 사람이었다. 사랑을 과신한 게 원인이었다. 마음이 아프거나 힘들어도 사랑한다는 이유로 감내하며 다 이겨낼 수 있을 줄 알았다. 나는 사랑이 원동력인 사람이니 그거 하나면 충분히 살아갈 수 있다고 믿었다. 적어도 그 일이 있기 전까지는 그랬다.

내 키보다 큰 전신거울을 깼다. 순식간에 일어난 일이었다. 집에서 애인과 통화로 다투다 욱하는 감정을 주체하지 못하고 스스로 벌인 행동이었다. 뭔가를 집어던졌던가. 주먹으로 쳤나. 무의식적인 행동이었기에 자세히 기억나지 않는다. 잠깐 사고가 정지됐다. 놀란 마음에 뒷걸음질을 치다 바닥에 잔뜩 깔린 유리 조각 중 하나에 발을 베이고서야 정신을 차릴 수 있었다. 그런 폭력성을 보인 스스로가 무섭고 안쓰러워 눈물이 멈추질 않았다. 가장 먼저 유리가 깨지며 났던 큰 소리에 놀라 구석에 숨은 반려묘들에게 사과했다. 그리고 그들이 다칠까 염려되어 화장실에 잠깐 데려다 놓은 후 유리 조각들을 정리했다. 그러면서 생각했다. 내가 정말 어떻게 되어가고 있는 걸까. 예전의 나는 이처럼 자기 파괴적인 사람이 아니었는데.

벌써 수년 전 일이다. 시련은 사는 동안 끝없이 찾아오겠지만, 가장 힘들었던 시기를 꼽으라면 내게는 그때였다. 아침마다 헤어질 것처럼 크게 다투고 저녁이면 울면서 화해하는 연인 관계, 나를 싫어하는 사람들과의 업무, 지인 한 명 없는 지역에서의 거주, 반려묘의 갑작스러운 발병까지…. 공사 구분할 것 없이 모든 것에 지쳐있었다. 그중에서도 감정의 폭이 가장 널뛰는 이유는 단연코 연애였다. 하루에도 수십 번 사랑과 미움이 나를 들쑤셨다. 어느 순간부터는 뭐가 사랑이고 미움인지 구분도 안 됐다. 매일 아침이 찾아온다는 사실이 원망스러웠다. 죽고 싶다는 말을 입 밖으로 낸 적은 단 한 번도 없었으나 수시로 생각할 만큼 심적으로 유약한 상태였다. 자기 연민이 최고치를 달하면서 나보다 안쓰럽고 불행한 사람은 없을 거라며 끊임없이 스스로를 깎아내리기도 했다. 그러다 거울을 깼던 그날, 처음으로 이렇게 살아서는 안 된다고 생각했다. 아프고 약해진 마음을 치료하고 지옥에서 벗어나고 싶었다.

제일 먼저 정신과 상담을 받기 위해 온라인으로 이곳저곳 알아봤다. 혼자서는 이겨낼 수 없을 것 같아서였다. 애인은 그렇게까지 해야겠냐며 대수롭지 않게 말했지만, 그래서 더욱 뭐라도 해야 했다. 내가 얼마나 힘들고 아픈지 조금이나마 알아주길 바라는 사람이 그 사실을 전혀 모르고 있었으니. 헤어지는 게 가장 나은 선택일 거라고 생각하면서도 너무 사랑했기에 헤어질 자신은 없었다. 나를 바꾸거나 고치면 우리의 연애도 조금은 나아질 거라 믿었다. 그렇게 검색하다 점점 나와 비슷한 사람이 많다는 걸 알았고 동질감에서 오는 위로를 얻기 위해 온갖 게시물과 영상을 보기도 했다. 그때 '메타인지'라는 단어를 처음으로 접한 거였다.

결론적으로 나는 병원에 가지 않았고 바로 이별하지도 않았다. 온전히 나를 위해서였다. 메타인지라는 단어를 접한 후 수시로 나와 대화하는 습관을 들였다. '너는 어떻게 하고 싶니. 앞으로 어떻게 할 거니. 어떤 방법이 현명할 것 같니.' 하고 질문을 던졌을 때, 당장 이별하면 상상할 수 없을 만큼 슬플 것 같기에 조금 천천히 이별해야겠다는 답이 나왔던 거다. 적어도 항상 배제해 왔던 이별이라는 답을 스스로 도출해 낸 사실이 다행이라고 생각했다. 시간이 흐른 뒤에 헤어졌다고 해서 이별이 슬프지 않았던 건 아니었지만, 적어도 사랑할 때보다는 덜 아팠다. 다행히도.

그때의 내가 나를 가장 아프게 하는 게 연애라는 것도 이별이 답이라는 것도 끝끝내 인정하지 못했다면 얼마나 더 오랜 시간을 힘들어했을까. 이별 후 나는 다시 원래의 밝은 모습을 되찾을 수 있었다. 잊고 있던 자존감과 자기애 역시 되살아났다. 어쩌면 이전보다 더 커졌을 수도 있겠다. 지금의 나는 나에 대해 어느 정도 알고 있는 사람이니까. 한 강연에서 그런 말을 들었다. 자존감이 높다는 건 스스로를 과대평가하는 게 아니라 자신에 대해 객관적으로 잘 알고 있는 것을 뜻한다고. 자신을 위해서 아픈 사랑임을 인정하고 포기할 줄 아는 용기도 필요하다.

사랑은 아프려고 하는 게 아니다.

함께 나아지는 일

"네가 나를 왜 좋아하는지 모르겠어."
"나는 너에게 부족한 사람인 것 같아."

연인의 자존감이 낮을 때 어떻게 해야 할까. SNS에서 본 글에서는 '네가 그런 생각을 하게 해서 미안해'가 답이라고 한다. 물론 그것도 좋은 방법이겠지만, 나는 품어주는 것만이 아니라 왜 그렇게 생각했는지 먼저 물어보며 구체적인 원인을 찾아야 한다고 생각한다. 외적인 요소가 문제라고 말한다면 그 부분에 대해 칭찬해주고, 현실적인 문제라고 말한다면 가능성을 함께 찾아주려고 노력하는 게 더 나은 방법이지 않을까.

서로 발전해가는 연애만큼 훌륭한 만남은 없을 것이다. 서로 밀어주고 이끌어주며 나아가는 이상적인 관계. 사실 자존감은 누군가가 키워줄 수 있는 게 아니라 스스로 해결해야 하는 문제지만, 옆에서 도와준다면 훨씬 더 수월하다. 연인이 낮아질 때마다 할 수 있다고 응원하고 격려하며 기다려줄 것, 미약하게나마 나아가고 있음을 계속 말해줄 것, 넘어지더라도 자신이 뒤에 있음을 알릴 것. 사랑하는 사람이 믿어주는 것만큼 든든한 마음이 또 있을까.

이별에도 배려가 필요하다

헤어질 때도 예의를 지켜야 한다. 잠수 이별이나 환승 이별은 말할 것도 없이 최악이며, 이유를 말하지 않는 이별도 마찬가지다. 단순히 마음이 식은 거라도 솔직하게 말해야 한다. 미안하다는 이유로 말하지 않거나 개인 사정 때문이라고 얼버무리면 이별을 통보받은 사람은 본인을 자책하고 사랑을 의심하게 된다. '내가 뭘 잘못했을까'부터 시작해서 처음부터 나를 사랑하지 않은 건 아닌지, 다른 사람이 생긴 건 아닌지, 자신이 별로인 사람이라서 그것도 아니면 사랑받을 자격이 없는 사람이라서 그런 건 아닐까 하며.

이별을 말하는 사람도 힘들겠지만, 듣는 사람이 더 힘든 경우가 많다. 상대가 헤어질 마음이 없던 사람이라면 더더욱. 솔직한 이별 사유와 둘이 시작한 만남을 먼저 끝내게 되어 미안하다고 한마디 건네면 더 좋겠다. 조금은 단호하더라도 너무 차갑진 않게 대하는 것이 한때 사랑했던 사람에게 할 수 있는 최소한의 배려라고 생각한다.

그래도
좋았던 사람으로

세상에 좋은 이별이 어딨겠느냐만
그래도 괜찮은 이별은 있다.

어떻게 연애했든 마무리를 잘하면 된다.
마지막까지 네 잘못 내 잘못 따질 것이 아니라
그래도 너를 만나 좋았다며 인사하는 거다.
그게 힘들다면 별말 없이 돌아서도 괜찮다.
원망하거나 저주를 퍼붓는 것보단 나으니까.

원래 사람은 마지막 모습을 오래 기억하지 않나.
한 명이 큰 잘못을 저질러 헤어지는 게 아니라
사랑이 끝나서 헤어지는 거라면
최대한 깔끔하게 이별하기를 권한다.

진심으로 사랑했던 누군가에게
그래도 좋았던 사람으로 기억되는 하나의 방법이다.

돌아설 줄 알아야 한다

오랜 기간 혼자였다가 연애를 시작한 이들에게는 공통점이 있다. 처음부터 최선을 다한다는 거다. 운 좋게 잘 맞는 사람을 만나 평화롭게 연애하면 좋겠지만, 그렇지 않더라도 잘하고 싶은 마음에 상대의 잘못도 눈감아주며 꿋꿋이 버티는 경우가 많다. 언제 또 찾아올지 모르는 인연이라는 생각과 수년만의 연애라는 사실 때문에.

그건 사랑이 아니라 오기에 가깝다고 생각한다. 얼마만의 연애든 뭐든 똑같은 연애니까. 아니다 싶으면 빠르게 헤어질 수도 있어야 하고, 사람 일은 어떻게 될지 모르므로 마지막 연애일 거라는 생각으로 임해서도 안 된다. 오랫동안 연애를 멀리하다 보면 시작하기까지 오랜 시간이 걸리는 건 당연하다. 하지만 계속해야 시작이 수월하지 않겠나. 아쉬워도 인연이 아니라는 판단이 섰을 땐 과감히 돌아설 줄 알아야 한다. 더 나은 다음의 연애를 위해서.

사랑은 이미 당신에게 오고 있다

'내가 그 사람보다 더 사랑하는 사람을 만날 수 있을까. 내 삶에 또 다른 사랑이 있을까. 없을 것 같은데. 이런 거 다시는 못 겪어볼 것 같은데.'

수년을 만난 첫사랑과 헤어졌을 때 이런 마음이었다. 그 사람은 정말 특별했으니까. 내가 사랑하는 것 중에서 가장 사랑했고 아끼는 것 중에서 가장 아꼈다. 그를 알기 전에 만났던 모든 인연은 아무것도 아닌 것처럼 느끼게 했다. 사랑의 형태는 다양하다는 것을 알았고 애증이라는 단어를 깊이 체감하게 했다. 그는 내게 세상에서 가장 다정한 사람이었다가 별안간 천하에 둘도 없는 개새끼가 되기도 했다. 이딴 것도 사랑이라고 할 수 있나 생각하면서도 사랑하는 마음에는 한 치의 의심도 없었다.

사랑받는단 기분을 처음으로 느끼게 해준 사람이었다. 그는 나를 위해 태어난 것처럼 행동했다. 엉성하지만 꾹 눌러쓴 필체로 자주 편지를 써줬고 각종 기념일마다 그냥 넘어가는 법이 없었다. 우리가 연애를 시작한 건 9월 12일이었으므로 첫 기념일은 빼빼로데이였다. 당시 나는 고등학생이었고 그는 스무 살이었는데, 이제 막 성인이 된 사람이 돈이 어딨었겠나. 그는 알뜰살뜰 모은 용돈을 탈탈 털어 빼빼로 몇 개와 내 몸만 한 곰 인형을 선물했는데, 막상 그것들을 사고 나니 차비가 없었다며 부끄러움도 무릅쓰고 그것을 들고 우리 집 앞까지 걸어온 거다. 전화라도 하지 그랬냐니까 곧 죽어도 서프라이즈여야 한다고. 이렇게 네가 기대도 없이 있다가 깜짝 놀라는 모습 보고 싶어서 얼마나 빨리 왔는지 아느냐고. 그리 말하며 해맑게 웃었던 기억이 난다.

그런 사람이었다. 장난도 다정도 넘치는 사람. 내가 웃으면 저도 좋다고 웃는 사람. 웃을 때 눈이 반달이 돼서 꼭 어린아이 같은 얼굴을 하는 사람. 내가 '나는 아무리 웃어도 너처럼 예쁘지가 않아' 말하면 '나는 너 웃는 게 세상에서 제일 예뻐서 계속 웃게 해주고 싶은데' 그렇게 말하는 사람. 어떻게 사람이 사람을 이렇게까지 사랑할 수 있지, 이 사람의 넘치는 사랑은 대체 어디서 오는 걸까. 처음엔 그런 의문이 들다가 어느새 내가 그만큼 그 사람을 사랑하게 됐다. 매일 내게 진심을 보여주는 사람을 어떻게 사랑하지 않을 수 있겠나.

하지만 오래 만난 연인이 으레 그렇듯, 우리도 시간이 흐를수록 다툼이 잦아졌다. 별것도 아닌 말에 기분 상하고 언성이 오가고 자잘한 거짓말들로 인해 신뢰에 금이 가기 시작했다. 툭하면 이별을 고하기도 하고 더 이상 사랑하지 않는 것 같다며 서로에게 뾰족한 말을 내뱉기도 했다. 사랑을 주기 위해 노력하던 모습과 달리 상처 주기에 급급했다. 네가 나빴네, 내가 나빴네 하며 자존심 세우기도 했지만, 사실 누구의 잘잘못을 따질 것 없었다. 연인 사이의 다툼은 둘의 문제니까. 그렇게 싸우면서도 우리가 정말 헤어질 수도 있을 거라는 생각은 하지 못했다. '우리가 어떻게 헤어져. 이렇게 사랑하는데.' 그건 흔히들 하는 착각이었다. 우리의 사랑은 특별하다는 착각. 그 사람과 내가 했던 건 흔하고 평범한 사랑이었다는 것을 나는 그와 헤어지고 한참 후에 알았다. 생에 다시 없을 사랑이라도 한 줄 알았는데.

그 사실을 알았다고 해서 크게 달라진 건 없었다. 아주 조금 충격이긴 했지만, 그렇다고 해서 내가 그 사람을 사랑하며 느낀 감정들이 아무것도 아니게 되는 건 아니니까. 그러면서 생각했다. 다시 그런 감정을 느끼게 되는 날이 올까. 그렇게 뜨겁고 아프고 절절하게 누군가를 사랑하게 될 수 있을까. 그와 헤어지고 수년 동안 연애를 하지 않은 건 내가 그 사람을 잊고 말고의 문제가 아니었다. 내 마음의 문제였다. 나는 다시 뜨거워지고 싶었으나 그 어떤 누구를 만나도 별 감흥이 없었다. 좋은 사람, 괜찮은 사람이라는 판단이 서도 설레지 않았다. 뭐가 문제일까, 아직도 그 사람이 내 마음에 남아있는 걸까 싶어 마음 곳곳을 뒤적거렸는데 그것도 아니었다. 당장 누구라도 사랑하고 싶었으나 아무도 사랑할 수 없었다. 내게 남은 사랑이 동난 건 아닐까. 그에게 다 줘버린 건 아닐까. 그 사람은 이미 새로운 사람과 잘 만나고 있다는데, 나는 왜 그러지 못할까. 내게 문제가 있는 걸까. 거기까지 생각이 미치자 무서워졌다. 남은 삶에 사랑이 없을까 봐 조바심이 났다. 그를 사랑할 땐 살아있는 기분이었으나 앞으로의 사랑이 없다고 생각하니 죽어가는 기분이었다. 사랑만이 삶의 의미고 전부 같았다. 그땐 그랬다. 사랑보다 더한 자극도 욕구도 없었다.

그런 마음으로 수년이 흘렀다. 그쯤 되자 오히려 혼자가 편하다는 생각이 들기 시작했다. 남자친구와 다툴 때마다 하소연을 늘어놓는 친구를 보며, 매번 저렇게 연애하는 거 피곤하지 않나 싶은 마음마저 들었다. 그때의 내게 연애는 그런 거였다. 안 하느니만 못한 일. 솔직히 말하면 체념에 가까웠다. 내게 어떤 문제가 있다고 생각하는 것보다 그렇게 치부하는 편이 나았으니까. 이러다 언젠가 누군가를 만나긴 하겠지 싶었다.

그러나 사랑과 이별은 원래 예고 없이 오는 법이다. 지인의 지인으로 알게 된 사람과 연애를 시작했다. 그는 좋으면 좋다고 표현하는 사람이었다. 나를 향한 마음과 표정을 전혀 숨기지 않았다. 계속해서 표현하는 사람에게 나도 어떤 답을 줘야만 할 것 같았는데, 호감은 있으나 이 정도의 감정으로 연애를 시작해도 되나 싶은 마음이었기에 혼란스러웠다. 솔직히 말하면 에라 모르겠다 하는 심정으로 연애를 시작했던 것 같다. 하지만 그랬던 그와의 연애도 첫사랑 때와 별다를 건 없었다. 뜨겁게 사랑하고 치열하게 싸우고 아프게 이별했다. 평범한 사랑이었다.

여러 번의 만남을 통해 깨달았다. 사랑은 다시 온다는 것과 아주 작은 마음으로부터 시작될 수도 있다는 것을. 누구도 그만큼 사랑할 수 없을 거라는 마음이 문제였다는 것을. 지금도 사랑이 오고 있다는 것을. 내가 마음을 연다면 지금보다 더 빠르게 도착하기도 한다는 것을. 미리 알았더라면 어땠을까. 첫사랑과 이별 후 힘들어하던 과거의 나를 만난다면 이렇게 말해주고 싶다.

다시 사랑할 수 있을까 걱정하지 않아도 된다.

사랑은 이미 당신에게 오고 있다.

사랑은 찾는 게 아니라 만드는 것이다

초판 1쇄 발행 • 2023년 5월 17일

지은이 • 정이수
책임편집 • 오휘명
디자인 • 유서희
펴낸곳 • 도서출판 히읏
출판등록 • 2020년 4월 28일 제 2020-000109호
제작처 • 책과 6펜스
전자우편 • heeeutbooks@naver.com

ISBN • 979-11-92559-72-8(03810)